音乐会

几种开法

鲁引弓 ◎ 著

ZHEJIANG UNIVERSITY PRESS
浙江大学出版社

目录

音乐会几种开法

一、如诉

无论安静对此知道与否，他俩都知道彼此的由来。所以像有一片雨雾飘浮在两人之间，他们能感受到彼此心照不宣的尴尬。在这样的心态下，保持距离是天性，也是为了避免一不留神可能带来的受伤。

冯安宁拿着长笛，从琴房里出来，他走在爱音乐团大楼狭长的走廊里，他听见了一缕竹笛声，它正从民乐队的排练房传过来。

　　丝丝缕缕，声息特别，仿佛晨光穿越天边的云层，纤弱，但明晰，有着忧愁的光影，它顽强地从虚掩的门，从走廊那头，从上午十点穿窗而入的街道市声中，飘过来。

　　安宁听到了它。他收住了走向交响乐队一号排练厅的脚步，他在走廊拐角窗边站住了，心里有隐约的不适，但耳朵好似不听心的使唤，在分辨这些音符，像沉入深水的鱼一样深深地吸纳。

　　很显然，许多人也听见了它。民乐队队长、笛子首席钟海潮正从楼梯口上来，在这缕笛音中，他的步子越来越慢，从安宁这边望过去，他仿佛蹑手蹑脚在捕捉一只蜻蜓。扬琴女孩蔚蓝拎着一只小包，在资料室门前向安宁招手，但那飘浮而来的笛音让她扭过头去，举到胸前的手停在了空中。爱音团长张新星正从办公室出来，准备去文化厅开会，原本他可能想对迎面缓缓过来的钟海潮打个招呼，但那片如诉的笛音是那么突兀，像有黏力的胶水，在空中流淌，令他的表情刹那凝固，仿佛迷失。

　　那纤弱的声音，有奇怪的穿透力。后来在一号排练厅，两位小提琴手王建与李满满在嘀咕：越吹越好了，谁都知道他吹得最好。

站在后排的安宁清清楚楚听到了这句议论。很奇怪，别人只是耳语，但他却听见了。

这上午的排练，安宁老是走神。他发现自己的耳朵总是在留意门外，留意民乐室那边是否有笛音传来。他眼前浮动的是那张年轻的脸，清秀，腼腆，嘴边横笛时总是微微闭眼，皱起眉头，像隐忍着正在升上来的睡意。林安静，爱音乐团民乐队的笛子演奏者。

安宁感觉着自己心里的不适，他知道这不安的因由，与这个叫"林安静"的人有关。但安宁分辨不清此刻这不安里面具体有哪些成分。

安宁看见周围的乐手们都停了下来，转脸看着自己。指挥老何的手指点着自己。又走神了，安宁向老何抱歉地笑了笑。

安宁最初的名字叫林安宁。后来去掉了林姓，改随母亲姓冯，冯安宁。

冯安宁与林安静，是爱音乐团的两位乐手，分使长笛与竹笛，当他们从乐谱上抬起头看着你时，你会发现他们有几乎一模一样的深邃眼睛和那种洞悉人的眼神。两位乐手，虽然一位硬朗中带着一些酷感，一位清秀略有萌态，但悦人容貌中的相似之处，是一目了然的。

他们是相邻两根藤上的瓜，还是相近胚芽的果？

只有他们自己知道这其中难言的尴尬。

其实，尽管林安宁从2岁起就改名"冯安宁"，他也无法摆脱命运中与"林氏"遥相对应的处境，甚至妈妈还给他起了个小名叫"赛林"。

在安宁童年的记忆里，每当母亲冯怡说起父亲林重道，总是言简意赅："他不要我们了。"

父亲林重道、母亲冯怡原本是一所县城中学的音乐老师，在安宁也就是林安宁2岁那年，父亲林重道去省城教育学院进修，因擅长吹笛，进修期间他代表教育学院参加了省里的文艺表演，结识了一个高干的女儿，就此再也没回到县城那个家去。他留在了省城，有了新家，并又有了个儿子叫安静，林安静。

对于安宁来说，父亲的脸，就像自己那个消散于岁月的姓氏"林"一样，在记忆里是模糊的。安宁懂事以后，就很少向母亲讨要父亲，因为他知道这会让母亲心情不好。

他还渐渐懂了母亲叫唤自己的小名"赛林"，这里面包含着多大的期待。

母亲不仅叫唤儿子小名"赛林"，还把所有的力气付之于赛"林"的行动中。她省吃俭用，无论刮风下雨，都送儿子去参加各种培训。那个小县城没有优质的音乐教育资源，于是从小学二年级起，她就利用双休日带他来回上海。在日复一日的奔波训练中，他将对手清晰地定位在那张模糊的脸所代表的一切，他为此失去的一切。他记得小时候每逢他吹练得腮帮子酸痛，母亲总是搂着他安慰：我们只能靠自己争气。

当儿子安宁像她期望的那样呈现出音乐天赋之后，她为他选择了长笛。她知道遗传的不可抗性，所以她知道吹奏将是他的长项，她还知道老师其实希望他学笛子，但她说，长笛比笛子洋气，国际化。

后来的路，一直艰辛，音乐学院附中、中央音乐学院、美国音乐学院……他们就像这个年代所有艰辛的母子，其间的历程与"快乐男声""中国好声音"等选秀节目中的催泪故事没有什么不同。励志的背后是磨砺。

只是磨砺太多了，得到的欢乐就会打折扣。安宁知道自己不是个快乐的人，心底里从小就没有这样的质地，但没人知道这一点。

他在众人面前是那么阳光，懂事，他能像演出一样随时做到这一点，这也是因为生存的磨砺。

两年前，安宁从美国留学回来，看到母亲瘦得像张纸片，家里徒有四壁，他是那么心痛——为了自己的这点学业，母亲花尽了她所能付出的一切。安宁没选择在北京、上海发展，而是回来参加了省城爱音乐团的招考。他觉得不能让自己远离母亲了。

他顺利地进入了爱音乐团的交响乐队，并成为骨干。因为乖巧，和善于和人沟通，他还成了团支部书记，团长助理。

生活在经历勤勉后，终于露出了平坦的间隙，但它也没让苦小孩有太多的愉悦。因为爱音乐团中有一个吹笛子的民乐手，他叫林安静。

事实上，在安宁小时候，他就知道有这么个同父异母的弟弟。有一年奶奶去世，父亲回老家奔丧，安宁在葬礼上看到了这个叫林安静的小男孩，是大城市小学生的模样。

他记住这个名字，还因为那些年在报纸上常出现"林安静"这三个字。因为林安静是省城少年宫乐队的笛手，经常代表全省小学生参加各种外事活动，报纸将他描述成了一个"神童"。

母亲冯怡对此不屑一顾。安宁有一次听见她在对外婆议论：你要知道，那个妈是教育厅的副厅长，会包装罢了，这也是他们大城市的优势，而我们靠自己争气。

海归安宁考入爱音乐团的交响乐队时，安静已在乐团的民乐队里待了三年，安静毕业于本地的一所音乐学校。长大后的安静，早不见了当年照片上那个阳光小男孩的一点影子。现在的他腼腆、安静、寡言，像逍遥于空中的一朵闲云，与人相处恬淡如水，仿佛随时准备淡出周围人的视线。

安宁觉得他是温室里的花。

就像田径场上赛跑一样，安宁瞥了一眼过去，就知道自己能跑赢他。

安宁想跑赢他。他知道吗？

无论安静对此知道与否，他俩都知道彼此的由来。所以像有一片雨雾飘浮在两人之间，他们能感受到彼此心照不宣的尴尬。在这样的心态下，保持距离是天性，也是为了避免一不留神可能带来的受伤。在乐团的宿舍楼里，安静住在二楼，安宁在三楼。他们从不串门。又好在一个是西洋乐、一个是民乐，交集的时间较少，偶尔在楼梯上相遇时，点一下头，擦肩过去，就像两个寻常的同事。

安宁记得，自己来到爱音后不久的一个星期天的下午，这个弟弟曾来敲自己宿舍的门。窗外正在下雨，空气中是梅雨时节的潮气，安静的身后跟着一个戴眼镜的儒雅男人，线条清晰的脸庞，让人分辨不清他的年纪，可能五十多，也可能六十。安宁一眼认出他是林重道。多年不见，如今父子相逢，没有书上描写的那种戏剧化情感，而是淡淡若水。安宁让他俩坐在自己的床沿。宿舍里没有多余的杯子，所以接下来的时间里他一直在想要不要用自己的杯子给他泡杯茶。这个父亲看着自己，乐呵呵地笑着，眼睛微眯起来。这一刻他眼神里什么都没有，那笑容掩饰拘谨遮挡沧桑，看得出他想用安然的笑消解生疏和无法言喻的一切，他寒暄、问询这些年安宁的求学情况，然后他指了一下安静，对安宁说："也好，也好，在一起工作，有个照应。"这让安宁心里遏制不住地讥笑。照应？是啊，这些年怎么没见你来照应？在林重道来之前，安宁其实对他无感，毕竟这人是在自己很小的时候就已离开，爱与怨无法具象。而现在当父亲跨进这个门，那么笑呵呵的样子，安宁发现自己的情绪还是古怪地涌上来，后来他分析，这多半是因为母亲的艰难和自己从小对离异家庭的自卑，如今，对于自己来说，它们好像有了具体的对应。

人就是这么怪，可以疏远，但不可以触动。

在林重道说话的时候，安静恬静地看着他们，后来他从桌边拿过一本书，索尔·贝娄的《更多的人死于心碎》，翻看起来。他仿佛与窗外的雨声一起沉浸在这下午局促的时光里。父亲喊他走了，他才醒过神来。安宁说你拿回去看好了。他笑笑，把书摆在桌边。他们就告辞了。安宁关上门，吐了一口气。

那天晚上睡觉时，安宁发现被子里被塞了一个信封，里面是1万元钱。

安宁把钱存入了银行，他没想好，要还是不要。或者说，什么时候、怎么样还回去。

后来安宁估计信封是弟弟安静放进去的。但那天他们离去的时候，安宁可没想到还会有这样的事。当时他站在窗边，透过雨帘看见安静和父亲出现在楼下，他们坐进了停在路边的那辆银色奔驰，安静开车，车子消失在弥天的雨中。这车是安静的，他平时就开着它进出乐团。虽说他在这楼里有宿舍，但他只是偶尔住住，更多的时候，排练一结束，他就开车回家，绝尘而去。

安宁不知道他们的那个家在这城市的哪里。今天他们来访也没说请他去家里玩。玻璃窗上雨水纵横，安宁感觉心里也在升起潮湿的雨雾。这是怎么了？其实他以前压根没在意这个，或者说以前与父亲有关的一切只是个空洞的概念。现在怎么了？他对着潮湿的虚空说，没什么了不起。

没什么了不起。可以理解这样的心态，就像理解梅雨季节不知所起的一阵阵疾雨。对所有从底层向上生长的草根来说，很多时候他们需要一个可以傲视他人的视点，以此克制自己随时涌上来的虚弱和自卑。

事实上，相对于安静的学历，无论是安宁还是母亲冯怡，都有优越感。因为它符合有关争气的一切定义。

至于两兄弟在团里的位置，这一年来安宁以自己的进取同样证明了这点。这座城市与时下中国众多城市一样，目前的市场热点与政府文化扶持重点，不是民乐，而是作为高雅艺术的交响乐，这就连带到两类乐手在团里是身处主流还是边缘的问题。更何况，安宁本人，属于全球招聘的人才，懂事，会交流，在领导面前能消化自己的情绪，更关键的是自己想要，因而让人觉得好用。于是一年下来，他就成了爱音的团支书，青年小乐队的队长。

而安静，则像他嘴边笛子飞出的悠闲乐音，从小生长于万事不操心的环境，母亲是高干子弟，教育厅的领导，父亲先在教研室工作，后来去了省人事厅，做到了副厅长。从小受宠的安静，确实是温室里的花朵，散淡，温顺，被动，习惯被人安排妥帖，因为父母亲的关系，整个青少年时代，面对的都是别人客气的脸色。

但也正因为此，普遍性客气背后，往往是对其本人的无视。尤其是在父母亲退休以后。

安宁告诉自己，现在不需要像刚进团时那样忐忑了，因为跑赢他了。

但每当安静横笛吹起《水月》《林语》，乐音随风而过时，安宁心里总会"咯噔"一下。因为那些音符像弥漫的雨雾，哪怕轻弱，但气息渗透到面前，仿佛在对你言语，或者寡欢，或者有些许快乐。

这样的感受，近些日子好像越来越强烈了。

音乐会几种开法

二、乱音

这些天他反复吹练这首《水月》，音符在春天潮湿的空气中渗透，深深浅浅，阴晴圆缺，像是在用一支细细的狼毫在宣纸上勾勒笔墨，写意，冲淡，但弥漫力强劲，他吹啊吹啊，吹得人心里醉了，碎了。

安静坐在民乐室的尽头，他在吹《水月》。

那些起伏的音符就像一只只蜜蜂，从笛孔里起飞，扑闪着，构成了一片水光里的月色。而在安静自己的感觉里，它们渐渐在头顶上空簇拥成了一对巨大的翅膀，缓缓合拢，让自己埋首其间，像一只鸵鸟。

是的，就像一只鸵鸟。在这楼里，他越来越像一只把头埋进翅膀里的鸵鸟，用自己的那片音符逍然于乐队日益拥挤的空间，和周围那些心急匆匆的身影，以及每逢重要演出前与节目安排、舞台中央那盏灯究竟照耀在谁的头顶有关的一切，那些烦心的、需要去折腾的一切。

每天也只有当他坐在这里，吹起笛子，他才感到安宁。逍遥其中，虽说不上物我两忘，但多少让自己定神了。

今天，他的笛声里荡漾着晶莹剔透的明亮质地。那抹亮色一直在走廊上，在闻者的耳朵里跳动。

他在吹的这首《水月》，是导师伊方所作。"清越笛王"伊方去世于三年前，留下的众多作品中唯《水月》难度最大，意境玄幻。安静已练多时，最近反复打磨，是为了参加下月在国家大剧院的演出。

这是个难得的机会，更难得的是它作为民乐花絮，将穿插在爱音的北京交响音乐会首秀中。

爱音乐团的交响乐队此番晋京演出，是当地建设"文化大省"提交的一张成绩单，也是为接下来的全国巡演造势。原本在交响音乐会的曲目中没有民乐安排，但后来经民乐队长钟海潮的反复争取，终于将两首民乐曲混搭进去。

钟海潮对团长张新星说，民乐队没有这样的机会，但民乐小伙伴们也需要激励，交响乐需要提振，但不能眼睁睁看着民乐萧条下去。

钟海潮搞得定爱音团长张新星，除了理由悲情，还因为两位的父亲是部队文工团的战友，他们从小就生活在同一个部队大院。

穿插进交响音乐会的两首民乐，分别是《飞雁》和《南方物语》。《飞雁》中有大段笛子独奏，而《南方物语》则采用了民乐交响化的方式，由钟海潮编配，其中有一节伊方的笛曲《水月》，那是钟潮海对导师的怀念。

民乐队长钟海潮和安静是同门师兄弟，已人到中年，比安静年长十二岁，身材健硕，板刷头，笑容可掬，在民乐队有点老大情结，爱为小兄弟们张罗。这次赴北京演出，《飞雁》由他独奏，而《南方物语》中的笛曲《水月》由安静担纲。

安静虽是一只鸵鸟，但能搭交响乐队的车去北京国家大剧院演出，并且笛子独奏《水月》部分，这也令他高兴。

这些天他反复吹练这首《水月》，音符在春天潮湿的空气中渗透，深深浅浅，阴晴圆缺，像是在用一支细细的狼毫在宣纸上勾勒笔墨，写意，冲淡，但弥漫力强劲，他吹啊吹啊，吹得人心里醉了，碎了。

钟海潮推开了团长张新星办公室的门，说，民乐这一块我磨合好了，但放在整台音乐会看，好像不太顺，长了，节奏拖了。

张新星一下子不明白他在说啥。

钟海潮看着这个童年时代起就混在一起的兄弟支棱着耳朵，有些迷糊的样子，就感觉是走廊那头的笛声正从门缝里飘进来，飘进了这对耳朵所以他才心不在焉。那个小林吹奏的方法是有些怪，长声息是从哪个位置上来的？

于是，钟海潮下意识地挥了一下手，像是挥走飘浮的杂音。他对团长说，这混搭有点问题，尤其是《南方物语》放在下半场开场，与整个氛围不太搭调。

张新星这才明白他是在说整台交响音乐会的曲目安排，就笑道，不是你自己说的需要上这两个曲目吗？

钟海潮笑着摇头，解释自己是有私心想让民乐队多一点亮相的时间，但这也得服从大局的效果。他说，排下来，发现不搭，真的不太搭调，要不还是压缩一下咱的民乐曲吧，短一点，就不影响整体氛围。

第二天上午，安宁在排练时又留意到了走廊那头的笛声。

他听见安静在吹《水月》的前奏部分。这些日子他遏制不住自己倾听的欲望，是因为那人每天的吹奏都有不同，层次推进变幻莫测，又处处在点子，有时候状态像在微笑，有时候像在发愣，有时候像是想打个盹，有时候似在苦思，想对某个人说心事……它们全都进入了乐音中，人格化了，就像一轮拟人的月亮，在不同时段穿梭于不同的云朵和天宇，因情生形，不着痕迹。

安静今天反复在吹前奏。安宁下意识地等着后面的起伏，但没有，一个上午他都在吹练前奏。这就像挠痒痒没挠准，安宁训练有素的耳朵一直无法放松下来，听着听着，心却先松下来了，或许是因为耳朵在贪婪等待着的，却正是心里所不宁的，现在听不见了，心神就渐渐飘摇出去。

安静一直在吹前奏，今天的层次依然不同以往。渐渐地，安宁听到了一块云在接近月亮，月色被遮掩的色调。

听着听着，安宁感觉到了自己的失意。

第三天，安静依然在吹前奏。现在安宁明白了，音乐会上《南方物语》中的《水月》可能只用这一小节。

安宁若有所思地听着。到第四天，他发现这人居然有这样的本事，那么一小节前奏，居然一点一点地被填满了，到下午的时候，它像一颗松果被注入了汁水，现在它空灵起来了，小巧地闪着光泽，玲珑剔透。

安宁去团长张新星办公室交青年小乐队培训计划表的时候，钟海潮也在那里。

钟海潮见安宁进来，就笑起来，对团长说，嗨，安宁来得正好，咱听听年轻人的想法，他们有国际视野。哎，安海归啊，你说说，怎么让这两首民乐与整台音乐会搭调？

他指着桌上的一张纸。安宁低头一看，是晋京演出的曲目单。

上半场

维瓦尔第　《四季·春夏》

民乐　　　《飞雁》

莫扎特　　《G大调第一长笛协奏曲》

下半场

民乐　　　《南方物语》

舒伯特　　《未完成交响曲》

钟海潮用手指点着节目表，说，《南方物语》放在下半场开场，总是不顺，气氛不太对，并且下半场时间还是太长。

安宁说，《南方物语》不是已经删短了吗，问题应该不大吧。

钟海潮轻轻地摇头，说，是删短了，但问题又来了，因为没充分展开，意境有点不清晰了，但是如果充分展开的话，又拖了节奏。

安宁说，那就只用《南方物语》中的《水月》部分吧，别的曲段和民乐器都不要了，由交响乐队伴奏，这样虽简单，但效果可能反而更好。

安宁脱口而出。他知道这是一个较佳设想，但心里却有隐约的后悔，好像在对那个独奏《水月》的人计较着些什么，他想着那张恬淡的脸和那些音符，它们突然就刺了一下自己的妒意。

钟海潮看看他又看看团长，似在思考，然后摇头说，只取竹笛独奏，放在大乐队里，会不会太单薄？

安宁想附和，但想着那个声音，还是低语：不会。

钟海潮说，但是这也有违我们的本意，我们本来是想让民乐队更多的人去国家大剧院练练，不是一个人。

安宁说，那么，要不就把《南方物语》提到前面来吧，放在《四季》之后，这样节奏和意境都是配的。

钟海潮在轻微地摇头，说，不好，这样前面两个民乐曲就挨着了。

现在安宁明白了。他不说了，他在等着钟海潮的想法，他知道钟队长本来就是有想法的。他听着那个竹笛声从门外流进来，真是奇怪了，那么纤细的声息，居然有这样的穿透力。

最后，钟海潮和团长张新星决定把《南方物语》整个拿掉，而将《飞雁》移至下半场，集中精力将《飞雁》做充分，围绕笛子独奏，编配梆笛、古筝、箫，并用交响乐队伴奏，这样既简洁又别致，同时又保证了锻炼多位乐手的本意。嗨，本来就是交响音乐会嘛，民乐是小点心呀，也挺不错了。

安宁沿着走廊往排练厅走，那个笛音还在走廊里流动。他心里是奇怪的纠结：有松气，但又有憋闷，还有理所当然。是啊，谁让谁啊，这年头。但即使这样，还是有一种隐约的刺痛在追随着解脱感而来，令解脱变得虚弱而短暂，那就是他训练有素的耳朵在告诉他，那人有接近天才的乐感，有些东西不得不认，比如读中学时，同桌几乎从不做数学题，但每次考试自己都望尘莫及。

有些东西你再努力也没用，有些灵光一现，属于老天爷赏你的这口饭。

他在心里承认自己的妒意。那笛声里有天生的丝缕感觉，那么一丁点，只需要那么一丁点，就仿佛松露，刹那提香。他有，而自己没有，哪怕自己那么努力。

到下午三点，《水月》戛然而止，到三点半的时候，许多人没留意，而安宁则从各个琴房里飘出来的种种乐声中，听到了那支曲笛已改成了梆笛，在吹《飞雁》的伴奏部分。

笛声在一片乱音中穿梭，感觉不出心情的变化。

这人，好似哪怕给他一个针尖一样的地盘儿，他都能让那些音符飞起来。安宁来不及惆怅了，他在想那个父亲，以及老家的母亲。他想他们怎么给自己制造了这样一个有参照者的人生。

而下班的时候，他在楼道里遇到了安静，他拿着笛子，儒雅地沿着墙走过来。像往常一样，他们彼此点了点头。

与往常不一样的是，安宁今天留意地盯着他的脸，那脸上的斯文里看不出这个下午该有的波动，依然是腼腆和淡淡的清高，这清高曾让安宁不屑，以为是生存能力弱的伪饰，但此刻，它让自己有了一丝古怪的怜悯。但随着他远去的背影，它又微微刺痛了安宁敏感的内心，清高是需要有本钱的，这个同父异母的弟弟正在走向那辆炫目的奔驰，他将不在这个光线幽暗的楼里逗留，他将回家，那里有富足和温暖，他不需要在乎，不需要和你们搅。而就技艺而言，他也不需要在乎。这楼道里飘进众人耳朵的笛声，是最好的识别。

安宁看着他的背影，感觉无论是自己，还是那个正从办公室出来、笑吟吟的钟海潮都是失意的，苦的。

音乐会几种开法

三、空蒙

像一个单纯小孩，安静对周围的人事一向淡漠。即便如此，他也凭直觉感觉到了有一双眼睛一直在留意自己，虽然安宁未必是有意的，但那样的注意力围着自己打转，让安静有深深的难堪和压力。

安静坐在自家别墅的露台上吹笛子，前面是青山、茶园。

这里是城市北部的山地区域，原先有点偏远，但这几年城市飞速扩张，市政府搬迁到这附近来了，所以成了宝地，闹中取静，生态优越。当年父母买这别墅时并不是太贵，十年间房价涨了二十多倍。父母退休后就住在这里。这里距离爱音乐团大楼其实不远，车程二十分钟，只要晚上团里没有排练，安静都会回来住。

父母也希望他回来，否则这么大的屋子，缺乏人气。

安静的琴房和书房在三楼，雅致简约的北欧风格，落地窗外是近在咫尺的南方丘陵，山坡上翠竹连绵，每阵风过，绿浪起伏，与笛音呼应时，有出尘之感。

当他钻进自己的天地，这世界就安静下来了。

很少人知道他不仅吹笛，还擅长漫画、篆刻，更是电脑应用的高手。每天夜晚当他在电脑上琢磨各种软件、在书架前东摸摸西摸摸的时候，那是他一天中最安然的时光。

安静对家里内外所有需要打理的事不是太有概念，从小到大，他自己需要管住的除了读书，就是那支笛子了。

而说到笛子，安静有时会觉得自己其实入错行了。这倒不是说他不喜欢吹笛，而是他进入乐团以后，发现自己的性格与演艺这个圈子不搭。

他是宅男。演艺圈有宅男吗？

演艺行业目前所有的荣光，都需要折腾、劳碌、张扬、PK，因为舞台上最耀眼的灯光往往只落在一个人的头顶。有没有照到你？照到了意味着什么都有了，而没照到意味着两手空空，这差距是天大的，但又近在咫尺，几个身位，估计没有哪一个行业的竞争会这么直白、急切，并且被压缩在青春短短的几年里必须完成。

他个性里没这些东西，至少目前还没有。但他可不笨，他知道自己的技艺处于哪个位置，他也知道师兄钟海潮们的焦虑。他懂这些，但每逢拥挤，别人心急匆匆上位，自己依然不知如何应对，只有无力之感，比如这两天曲目安排的事，他当然也在气闷，但找领导讲理、交涉，这不符合他的性格，他也不知道该如何找领导开口谈这事，该怎么求人，更何况钟海潮还是他的师兄。安静确实是温室里的花，温文尔雅，从小被教育修养，不会野蛮生长。

这些都让他心烦。好在还有这个家，还有这些书，他把自己埋进翅膀里，就像鸵鸟一样吧。

他向往国家大剧院。他明白，对着青山吹，对着墙角吹，或者对着观众吹，当然是不一样的。但如果要去争，他倒宁愿对着青山吹。

既然这也能让自己稍稍开心起来，那就对着青山吹吧，他相信别人没这个快乐，这也是有所得吧。

于是，这个下班后的傍晚，他对着面前的青山，吹起了《水月》。那些音符飘进了黄昏，向山坡上的竹林漫去，又随风飘回来，让他感觉迎风而立。

对于这两天的事，他准备像以往一样，一个深呼吸，让它掠过去。

当然，他也敏感团里许多人的同情眼神，那样的暗示说明你被人搞进坑里了，也说明人家心里都有数是怎么回事。

他想起了安宁下班前在楼道里看着自己的眼神，不知为什么，与别人相比，它更让自己局促。

事实上，这个同父异母的乐手，一直让自己局促，比钟海潮更令自己局促。

像一个单纯小孩，安静对周围的人事一向淡漠。即便如此，他也凭直觉感觉到了有一双眼睛一直在留意自己，虽然安宁未必是有意的，但那样的注意力围着自己打转，让安静有深深的难堪和压力。

安静知道自己吹笛时有这么一双耳朵正在哪个角落里细细地听错；当他和安宁在走廊里擦肩而过时，他知道安宁回头在打量自己的背影；他打开车门准备回家时，那冷静的目光又会从楼上瞥下来；团长张新星宣布演出曲目时，那一道视线又从后排穿过人群，落在自己手里的那支笛子上……

安静可以不和别人比较，但当这个同父异母的哥哥无论是有意还是下意识地把比较的目标瞄上了自己，那番局促让他无措。

其实，从安宁第一天来爱音乐团报到时，安静就发现自己不可能喜欢这个哥哥，或者更准确地说，对于个性一向比较被动的自己来说，这个哥哥不可能喜欢自己。

这个安宁是那么英俊，每当他望着自己时，眼睛里的骄傲不可名状，脸上似笑非笑，好似不屑于深聊。但当他和别人说话时，他脸上又是那么阳光、悦人、真诚，尤其是团长张新星带着他进出各种重要会议场合，他那有礼有节的小跟班模样，让团长增添了高雅的气场。

安静是个被动的人，他不知道自己和这个哥哥的关系会有一个怎样的进展和收场，所以他骨子里是手足无措的，准备被动地应接安宁的态度。安宁没有态度，如果非得说有，那就是"比"。他一直在和别人比，否则不可能走到今天这一步，安静当然不会明白这点，但他感觉到了"比"。

所以说，在和这个哥哥的关系上，他也像一只鸵鸟，等着对方的姿态。这一点也是正常的，他本来就比哥哥小三岁。

有一个双休日，父亲林重道交给安静一只精美的鞋盒，让他下周带团里去给安宁。

安静打开盒子一看，哇，暗红色皮质，透着珠宝般的光芒，是意大利的"范思哲"。

林重道说是一位朋友去意大利旅游带回来的，我都老头子了，哪能穿这么炫的，再说还大了一码。你带去给安宁吧，他比我高，应该穿得上，演出时可以穿。

安静把鞋盒放在楼下的桌上。星期一早晨去上班时，发现鞋盒不见了，他到处找。母亲向葵说，你找那双鞋吧，我送给你舅舅了。

哦？安静说，不是让我送给安宁吗？

干吗要给他？向葵说，人家也吃不消收这样的名牌，吃不消的，这样的大牌，收下会有压力的。

安静想了一下安宁那倨傲的眼神，他好像看到了自己在和安宁推搡这个鞋盒，团里的人把头探进琴房打探。现在听母亲说她把它送人了，安静倒是松了一口气。

他的叹声，让向葵以为儿子有了共鸣。向葵说，这么个送法，以后得把这个屋子也送过去了，所以不能宠出他这样的念头的。

向葵脸上有激动起来的不悦。她说，因为从道理上说，这家有你爸的份，也就有他的份。所以，不能纵出这样的习惯，以后麻烦着哪。

安静知道了母亲的不快。其实那天他和爸爸去团里探望初来乍到的安宁时，她就不爽于这个哥哥的到来，她找碴表达了自己心里的不舒服。她对爸爸说，他哪里不能去，干吗非到这个团来，不会是冲着你来的吧？有完没完，让安静的脸在团里怎么搁？

而爸脸上笑成了一团，说，小孩子初来乍到，总要去看看他，否则人家会说闲话的。

向葵其实知道自己的情绪化，但她好像控制不住自己的心烦，她说，那是你的小孩，我没理由去，你怕闲话？你怕闲话的话，当年也不会和我过。

爸爸脸上是讨好的神色，支支吾吾着。在安静从小的记忆里，爸爸在这个家里一直是一个对母亲低声下气的好好先生。爸爸说，好啦，好啦，我和安静两个去，不去的话，乐团里的人会觉得我们不近情理，对安静也不好呀。

那天带去的一万块钱，是爸爸悄悄带上的。爸爸说，你妈未必是小心眼，但女人就是这样，容易想不开，对她有时要瞒一下，这样会省心些。人嘛，就是瞒来瞒去，让自己好过一些。

那天，虽然安静对安宁印象一般，但这梅雨天中的爸爸让他觉得有些可怜。

安静不相信妈妈会将"范思哲"送给舅舅这个老年人，它一定被藏在了家里的哪个角落。

向葵脸上挂着讥讽，在议论爸爸林重道：哼，别人送他的？别人送他这个？除非别人像我一样犯花痴了，送老头子这么时尚的鞋。

向葵转身从博古架那边拿过来一只耐克的鞋盒，里面是一双崭新的天蓝色跑鞋，说，你带这个去吧，这个更适合他。

　　安静突然想笑。他说，不用了，他不穿这个的，我喜欢这鞋，我自己要。

　　向葵笑起来，说，好好好，我们自己穿。

音乐会几种开法

四、愁绪

他想象着她和安静站在一起的样子，觉出他们的般配，那种淡定温和，像是两个相近的音符。他奇怪自己之前怎么没想到呢。

音乐厅大幕低垂。与每次开演前一样，安宁坐在幽暗后台的一角，微微闭目，让心神静下来。

　　透过灰色天鹅绒幕布，可以听见观众们正在进场。隐约的人声，能让身心暖场，然后超脱开去，这是他演出前的习惯和诀窍。他想象着他们在红丝绒座椅间穿梭，音乐厅华灯怒放。

　　舞台上摆满了乐器，它们沉浸在奏鸣前的空寂里。今天是晋京演出前的公开预演。安宁坐在幽暗中，手里的长笛发出亮光。他的耳畔在回旋莫扎特《G大调第一长笛协奏曲》的旋律。四十分钟后他将吹奏这段曲子，这是他今晚的主打。

　　他的黑色西装与后台的暗色融为一体，只有雪白的衬衣领口在闪光。暗影中的他显得气质独特，有些忧愁，就像偶露了真实的心境。他看了看这身西装，这是团里为晋京演出定制的，很合身。他知道自己穿深色西装好看，只是脚上的皮鞋有点旧了，不是太配。这鞋还是在美国留学时趁圣诞节打折买的，好在今晚演出他站在舞台后侧。他想，最近得去买双鞋了。好一点的，要2000多块。他想到了上周带的一个学长笛的小学生，学费是每节课100元。他想，以后多带几个学生吧。

　　他控制住自己延展开去的思绪。他微闭双眼，让耳朵去听幕外那些人声。他听到的却是从后台走道上传来的竹笛试音声。

　　他从没和安静同台演出过。今晚是爱音交响音乐会首次穿插民乐。安静今晚仅伴奏《飞雁》中的一个小节，用梆笛，作为一个烘托的音符，与钟海潮的独奏进行回旋，描摹秋日旷野飞雁徘徊缠绵的情境。

　　安宁微闭双眼。他感觉有人向自己走过来，那人好像在自己的身边站住了，还俯下身看了自己一下，像在辨认是谁。安宁微闭着的双眼就能认出他是安静。安静快速离开自己，向舞台那一头走过去。安宁觉得有些好笑。

　　安静穿着一身白色的中装，在那头踱来踱去，似在找感觉。他背着一个双肩包。他把包放在舞台内侧的音箱上，从里面拿出一瓶水喝了一口，然后横过手里的梆笛，对着空舞台吹了几个音。他可能感觉到了安宁在注意自己，就扭头向这边看了一眼。安宁微闭起眼，没有动静。

　　后台有人在叫安静，他应答了一声，就匆匆走了。

　　安静像影子般在舞台上飘忽的样子，不知为什么让安宁突然想到这个问题：今晚他爸妈会来看演出吗？

　　他知道，按以往的惯例，只要有安静独奏曲目的演出，他们都会前来，而如果安静只是伴奏，他们就不来了。

　　安宁在看了民乐队的多场演出后，已了解了林重道夫妇的出场规律。其实，安宁以前是不看民乐的，但自从去年担任了青年小乐队队长后，已算是团里的骨干，需要参与全团演员技术等级考评工作，所以就得看团里的各种演出，并由此在民乐晚会上与林重道夫妇有了照面的机会。

　　一般情况下，安宁和团长张新星坐在第七排最左侧，而林重道夫妇大多会坐在第二排的最左侧。林重道身边那个瘦高女人，就是安静的母亲向葵。她总是披着各种款式的披肩，持重优雅。

无论是林重道还是安静，在音乐厅里，没有谁主动过来向安宁介绍她，所以，他和她还是陌生人。但每每在开演前或中场休息时，他能感觉到她回过头来将目光从他身上掠过去，像一位严肃的女领导或女教师。所以他明白，她知道他的存在。

今天他们会来吗？

这念头此刻像蜘蛛丝突然粘住了安宁。

安宁感觉自己的情绪正被它引入了一个巷口，以前他从不在乎林重道是不是来看自己的演出，或者说，来看了怎么样，不来看又怎么样？

事实上，父亲也确实从没来看过安宁的演出。不看就不看呗，自己也没请过他们。即使是在民乐晚会上，自己也常装作没看见他们，或悄悄向林重道点一下头，然后把他们当作了空气。

但现在他发现自己在在乎着什么。

难道是因为今晚的演出自己与安静第一次有了交集？还是因为刚才那个晃悠的淡然身影，说明那些被遮蔽起来的音符并没牵扯他的逍然？

安宁发现自己在和他比。自己吹奏的莫扎特《G大调第一长笛协奏曲》是今晚音乐会上场的主要段落。他突然对父亲林重道有些纠结。他想，今晚他会不会来？

这确实有点异样。按理说，原本他压根无所谓林重道是不是来捧场，或者说捧谁的场。

再过几分钟，乐手们就将入座。安宁正想站起来回后台与他们会合，却突然看见一个穿白色真丝旗袍的高挑女孩从舞台对侧走出来。她盘着发髻，四下张望，像在找什么，舞台明丽的射灯令旗袍上绣的百合与她的容颜熠熠生辉。蔚蓝，民乐队的扬琴手，兼司古筝。从安宁这边望过去，透过摆放着大型乐器和乐谱架的舞台，她似被一圈光芒笼罩着，那种夺目感，像水波荡漾过来。安宁是从去年冬天起，突然就注意到了她。平日里她混在一群民乐女孩中，仿佛周身有一圈淡淡的光晕，一颦一笑都那么沉静、从容、利落，偶尔她还会过来向安宁打听国外的音乐学校，说自己的表弟也想留学。安宁不知别人是否也看到了她这迷人的光晕，也可能在民乐队"女子乐坊"一群活力女孩中间，虚张声势的热辣更夺人眼球，所以她还没被人注目。而安宁的视线则开始跟随蔚蓝。他开始找机会表达，比如约她看画展、话剧，但她都有事，一次是"女子乐坊"突然接了个企业的堂会，一次是她带的学生星期天有课……他不能再约了，因为感觉她不置可否，那就慢一点吧，他怕自己受伤。

蔚蓝把音箱上的那只双肩包拎起来，拉开拉链，向里面张望。她把手伸进去，在找什么，然后拿出了一张光盘和一本书。她拉上包，把它拎在手上，往后台走了。那是安静的双肩包，他刚才把它搁在了音箱上。

她从容的样子，让安宁突生焦虑，他似乎感觉到了其中的含义，他寻味他人的这份亲近感，好像看到了他人的关系。他想，我怎么没想到呢。他看着那白色旗袍逶迤而去的背影，心里是措手不及的多疑和失意。

他想象着她和安静站在一起的样子，觉出他们的般配，那种淡定温和，像是两个相近的音符。他奇怪自己之前怎么没想到呢。

这一天的演出，安宁一直在走神。

他遏制不住自己的视线，它们总是瞥向第二排最左侧的那两个座位。那里坐着两个中学生。不出所料，林重道没有前来，因为今晚安静只是伴奏。

安宁把视线收回来，让它们盯住面前的乐谱架，不准跑开，但现在，在它们前面晃动的是蔚蓝打开双肩包的情景。在安宁吹奏《G大调第一长笛协奏曲》的时候，他听见了自己心里的焦躁，他让自己静下来，他想，他们与自己无关。但他依然看见了他们在相视而笑。甚至在这片充满乐音的空气中，他觉察到了他俩的因子正在暗中互动。当然，也可能安静依然淡然若水，而她在追随，甚至是她暗恋上了他。那样的天才之音和逍然质感，总会有人追随。他体会到心里的隐痛远远而来，他痛苦自己对美的洞察。也因为洞察，他感到了自己远离开去的痛彻。

安宁相信没有太多人听得出自己的心乱，因为那些曲目早已训练有素，只有自己知道怎么手忙脚乱一路按捺随音符冒出来的那些不搭调的情绪。演出结束后，指挥和团长都夸这是一次成功的预演。

在下个月正式赴国家大剧院演出之前，爱音将在本地进行三次这样的公开预演。团长张新星拍了拍钟海潮的肩膀说，混搭效果还不错，我看观众的反应是好的，首战告捷。

钟海潮脸上有激烈的表情，仿佛快乐又仿佛牙痛。他在笑，他说，还要打磨，还要打磨。

那天回到宿舍，已是11点钟了。安宁洗了把脸，换上运动衣裤和跑鞋，出去夜跑。

这是他的习惯，只是今天晚了点。

心烦时分，他喜欢夜跑，只有跑起来，才能蒸发忧愁，让身体疲惫一点，让脑袋停顿下来，让自己快乐一点，才能入睡。

他在街道上奔跑，千万街灯照耀着空旷的大街，这空静中的人间有些眼熟，仿佛上一辈子也曾这样奔跑。

　　跑过翠湖时，他拐上了一条林荫道，透过斑驳的树影，他看见了那一轮巨大的微红的月亮。今晚直到此时，他的眼睛里才涌上来泪水。他对着月亮，像一个被失意笼罩的小孩，忧愁所起处，他只有对自己说顶住。

音乐会几种开法

五、寻音

她伸手抚了一下他的手臂，说，对不起了，让你难过
了，真不好意思。

他知道她指的是啥，他看着她的眼睛，咧嘴而笑：
不，你错了，你想错了。

星期天，安宁从网上下载了美国、英国几所音乐学校的国际学生招生资料，用了一下午的时间将它们译成中文，去找蔚蓝。

蔚蓝没在宿舍里。安宁打电话，说，你在哪儿？我从网上找了些资料，你表弟可能需要。

蔚蓝说，这么好啊，我在外面，等一会儿我过来拿。

电话里声音清晰，听不清她在哪儿。安宁正这么想着，她在那头说，我在看莫奈的画展，明天就要撤展了。

安宁说，哟，你怎么不早说呢，我也没看过，你也不通知我一声，要不我现在赶过来吧。

她笑道，都已经四点半了，等你赶到，这儿都关门了。

安宁放下手机，想着她的声音，没准她和别人在一起，不方便他过去，更何况她心里有数自己对她的意思，所以更不方便。那么，那人是谁呢？没准是安静吧。

这么想着，头就"嗡"地一下发晕了。安宁看了一下时间，是四点半，也不知她几点回来。安宁拿出长笛，对着窗外傍晚的天色，吹了一会儿《幽思》。那些缥缈的声音渐渐充溢小小的单身公寓，一个个都变得结实起来，仿佛可触的苦闷的气泡。他想，要不自己先去跑步，回来再去食堂吃晚饭。一个人的星期天是不好过的，尤其是当一个人坐着心里却在朝思暮想别人。他好像看见蔚蓝和安静从那些画框前走过去，熙攘人群中，她脸上含笑，像个姐姐一样领着腼腆的弟弟。这是她约他来的吧。

安宁在换跑鞋，听到有人敲门。开门一看，是蔚蓝。她穿着天蓝色休闲运动装，显得很利落。她笑道，嗨，回来了。

这么快？安宁想把她迎进来。

蔚蓝没进门，冲着他摇了摇手里的超市购物袋，说，我回来的路上去买了几只螃蟹，我先上楼去煮上，你待会儿上来，一起吃。

她就转身上楼去了。安宁换下跑鞋，心里突然有些明亮，他打开冰箱。冰箱里还有什么好吃的呢？他从里面找出了两个苹果、一根黄瓜、一包奶酪和一瓶德国"冠利色拉酱"。他想了想，就出门下楼，到乐团隔壁的水果店买了一个火龙果、两个猕猴桃、一盒圣女果、一串香蕉和一个水仙芒果。

他拿着这些水果，上楼去敲蔚蓝的门。

蔚蓝的宿舍里升腾着食物的味道，她在这片温馨气息中张罗着，螃蟹在蒸着，她还在煲一个排骨汤，并且还准备再炒一个腊味年糕。她一边用毛巾擦自己的手，一边对他说，你带这么多水果来，吃不了的。那道光圈绕着她温娴的身影隐约在闪烁，让人有拥抱的欲望。

安宁笑道，我买得不多，只做一个色拉，在国外的时候就喜欢吃这个，让你也尝尝。

安宁把水果放在小餐桌上，从口袋里拿出那叠翻译好的资料放在一旁。他说，几所适合的学校都在这里了，学费这两年又涨了不少。

蔚蓝说幸亏自己是学民乐的，安宁说幸亏自己出去得早，否则读不起了。他说这话时想到了老家瘦弱的母亲，母亲如果看到这样一个女孩，一定也会喜欢的。

她转身去敞开式厨房张罗那煲着的汤，她往汤里丢了几块罗汉果，说，这样汤里会有些甘甜。她这么说，他就觉得那种甘甜的气息已弥漫在这宿舍里了，这使这小天地此刻有了居家感。他忧愁地瞅着她的背影，好像看着一张让自己失去自由、有了羁绊的试卷。

这里是爱音乐团人才公寓，一室一厅一厨一卫，平日里住集体宿舍的人都在单位食堂里吃饭，偶尔双休日会在宿舍里自己做一点晚餐，有时也彼此邀约。这是安宁第一次走进她的宿舍。

安宁坐在餐桌前削水果皮，并把水果往瓷碗里削成大小相近的一块块。蔚蓝端着热气腾腾的汤煲过来，注意到了他灵巧的手势。她说，看样子你挺能干。他抬起头看着她，笑道，我从小在外，不能干的话，早就灰飞烟灭了。

她抿嘴而笑，那种温婉和善解人意竟让他忧愁。他说，你去看画展怎么不喊我一声？

她说，想过叫你的，但想想，不是太好。

为什么？

她没响，走到厨房里，拎起锅盖看螃蟹蒸得怎么样了。她知道他在盯着她看，就回头对他笑了笑，好像在说"你又不是不明白"。

安宁就不再说这个，转而问，画展好不好看？

她说，挺好的，就是作品不是太多。

安宁说，四五十幅已经够多了，每一幅都是无价之宝呢，记得有一年我在上海，当时博物馆只有一幅凡·高的画在展出，都人山人海的。

他把色拉酱往水果碗里倒，微酸的乳酪味掺着水果的清香，是他喜欢的口味。他忍了好久的问题终于说出来了，你不叫我去，你和谁一起去的，不会是安静吧？

安宁不是一个直接的人，但有时候他发现把自己装成一个直接的人就没什么说不出口了，再说反正她也已明白自己想追她的意思，问了就问了吧。

果然，她在那边扭过脸来看了他一眼，笑道，没啦，我也是中午去给少年宫的扬琴班上课时，路过展览馆那边，看到门前排着队，就想待会儿下课后过来看，也确实想叫你一声的，因为你上次叫我过，但想了想，也就算了，下课后，我就赶紧进去看了一下。

她的说法很寻常入理，消解掉了安宁一半的胡思乱想。她把螃蟹端出来，一个个红彤彤的，在盘子里张牙舞爪成一团。她笑道，你怎么会想到我和安静一起的？

他没想到她会这么问，就支吾道，我只是随便说说。

他注意到了她眼神里有古怪的神色，就说，也可能是觉得他和你配吧。

她脸红了一下，说，哪里，你怎么这么想？

他说，不知为什么这么想。

她说，他不是你弟吗？

他说，也可能你平时跟他走得近。

她叫起来，哟，我和他走得近？你怎么会有这样的感觉？

他说，是有这样的感觉，因为在这个团里好像很少人能跟他走近。

她看见安宁盯着自己的眼睛里有很深的焦虑。她就尽力笑起来，哪里走近了？我只是发现自己和他有不少共同点，但他可不是我的菜，估计我也不是他的菜。

那我是你的菜吗？安宁把拌好的色拉碗递给她，装作半开玩笑地问。

蔚蓝脸红了，嘟哝道，我知道你会这么问的。

她晃了晃头，那圈光晕映着她的局促。她的眼神在躲闪，说，我们都不是菜，互不为菜，这样说可以了吧。

她把色拉碗放下，然后就像觉得这事有多逗似地笑起来。可是这笑却消失在空气中，因为她看见他真的在沮丧着，她心里无措就拿起一只螃蟹放在他的面前，说，趁热吃吧。她说自己是青岛人，爱吃梭子蟹。她也尝了尝色拉，可爱地"哗"了一声，说这种口味没吃过，她以前喜欢土豆蛋黄酱的，没吃过这种酸乳酪的，这味道太洋气了，很特别。他冲着她笑，说，吃吃你就会习惯的。

他们这么说着的时候，其实都还有一半心思在各自的情绪里，因而气氛有点闷。蔚蓝看着桌上那叠他费心翻译的资料，终于说出来了：不好意思，你可别太在意我刚才的话，我们真的互不为菜，这不是说你不好，而是两个人都是搞音乐的，互不为菜。

她告诉他近五年来这团里就没成过一对，无论最初谈得怎么热火朝天的，最后就没成过一对，自己艺校的那些女同学也没有谁找搞音乐的，搞音乐的这年头越来越受穷，但搞音乐的需要有好的感觉，脱俗的生活，才能有这个闲情去搞音乐，所以她们找的都是有钱的，不为柴米油盐操心，否则怎么去搞这个音乐呀。

他瞅着她，她知道他那眼神是在询问自己到底要搞成怎样的音乐，难道是大师吗？也不像呀，那么，寻常一点，不也是搞音乐的吗？过寻常一点的日子，也还是可以搞音乐的呀。

她承认他这意思也对，但她可不是这样的念头，至少现阶段她还不是这样的念头，因为这样的念头就意味着那种可以看得到边的日子近在眼前。两口子在这乐团里的日子是可以看得到边的，至少在她这个年龄段她还不甘心。再说，自己在民乐队里也混得不出挑，排练时老被训，现在还没有谈恋爱的心情。

她把这层意思告诉了他。

他承认她说得有理，但其实他心里明白，是她对自己还没感觉。

桌上的螃蟹、色拉和汤都吃得差不多了，她突然想起还有一个年糕忘记炒了。

他说，吃不下了。

她说，年糕浸过水了，不炒掉放到明天会坏的。于是她赶紧起身去张罗。屋子里被腊味炒年糕的鲜香笼罩。

窗外已是夜色。他坐在灯下，环视这温暖的小屋，这淡粉色的窗帘，这白色的书架，这女孩优雅的身影，他心里有失意弥漫。唯一能让他松口气的是，她并没与安静恋爱。

她把年糕盛在碟子里，请他多吃一点。他就大口大口地吃，眼睛瞅着她，有笑意有心事还有假装不在乎和倔劲。她问，还好吃吗？他说，嗯。

她伸手抚了一下他的手臂，说，对不起了，让你难过了，真不好意思。

他知道她指的是啥，他看着她的眼睛，咧嘴而笑：不，你错了，你想错了。

其实蔚蓝没有想错，她只是说错了，或者说，她也没说错，只是她的脑袋里也还模糊着、混乱着，无法表达自己到底想要怎样，甚至说不清楚自己的情感处在怎样一个状态。因而，她对安宁所说的那些言语，都是闺蜜们推辞一个男生的常规辞令。

她想，安宁凭什么猜测她对安静有意思，他是从哪儿认定这一点的？

自己真的喜欢安静吗？换了一年前，不，甚至半年前，都说不上，但不知为什么这阵子这个柔弱的笛手突然让她有点迷失。其实他们在艺校的时候就是同学，一直以来她对他没有任何感觉。而今年不知怎么了，或许是他那种拙，那种飘然而至的天分，那种淡然而去的逍遥感，让人心生疼爱。疼爱了就有所牵挂。

当然，这感觉并不代表她会和他谈朋友。她还压根儿没想到和他谈朋友，她只是发现自己对他心生喜欢。她喜欢捕捉他幽幽的笛声，接着是越来越喜欢看到他清淡的、书卷气的面容，留意他从身边走过去的身影，如若几天没听见那笛音，就有点心神不定起来。

他有什么好的？她觉得自己很奇怪。当这奇怪的感觉突然而至之后，她越悄悄留意他，就越发现自己与他的很多相似，比如，都不喜欢人堆，都有些宅，爱看书、淘碟、下片，甚至都爱上淘宝网购。

当然，如果从家境上说，他也更符合她对安宁所说的关于物质的定义。但蔚蓝可没想过和他谈恋爱，所以她没在意他的家境，她更多的只是从他身上看到了让自己安静下来的东西，甚至是自己失意的同类。

是不是所有的怀才不遇者，都能看到柔弱者身上的亮点？

蔚蓝可不认为自己已经暗恋上了他。但如果非要分辨，又好像有点。蔚蓝还没想清楚，而看样子安静对自己也并没有意思。所以，蔚蓝觉得自己对他突然心生喜爱，是为了让自己看到安慰——他那样的才情也就混成这样了，自己在民乐队一堆辣妹中不起眼，也属于一个深呼吸就可以打发过去的。她在心里找到了同病相怜的感觉。他的逍然，让她感觉到轻松。

至于安宁，她从心底里觉得这样的帅哥是够好的，但不知为什么就是没感觉。也可能，感觉是一个人此刻最本质的需要。

当然，安宁可不知道她心里的这些。他认为她想错了。

所以在随后的两个星期里，安宁对蔚蓝展开了激烈的追逐。团里许多人都注意到了这一点。

他对她说，你说的我都不同意，因为我会让你过得好，让你衣食无忧地弹琴，让你和你的那些女同学都不同。

他一无所有只有豪情的倔劲，让蔚蓝不知道该怎样将冷水当头泼过去，又因为是朝夕相对的同事，所以她只有逃避。

他给她发短信，你不会是因为心里有别人吧？不会是喜欢安静吧？

她心里又"咯噔"了一下。她觉察出了，他对安静的古怪警觉，或许并不完全是因为他对她自己的敏锐直觉。

她知道他俩是同父异母的兄弟，于是想了一想，她也就明白了安宁这生疑中的较劲逻辑，和那点难言的苦涩。

她由此怀疑安宁的猜疑更多的不是因为她，而是因为他。

他在与他比。于是她更觉得需要逃避。

蔚蓝电脑上的QQ在"嘀嘀"鸣响。

"竹风"的头像在跳跃。"竹风"就是安静。自从两个月前蔚蓝让安静加了她的QQ后，他俩有时就在网上交流些观碟、读书的感受，虽三言两语，但看得出安静对谈论这些还是有兴趣的，比如，前几天他们谈的是《雪国列车》。安静在网上给人的感觉跟生活中差不多，回答短促、温和，即使有争论也不钻牛角尖。

今天竹风在问：韩呼冬他爸的公司有个年会，约我们去演出，去吗？

韩呼冬是艺校时的老同学，富二代，他爸是房产商。韩呼冬毕业后就没干音乐这一行，而是回家当他爸的助手了。在艺校时韩呼冬与安静是上下铺的室友。

蔚蓝打字问：韩呼冬？演出？

竹风回：是，他让我们帮个忙，找几个乐手，曲目自定。

蔚蓝：什么风格？

竹风：欢快一点就行。

蔚蓝：哦。

竹风：拜托，你帮约几个吧。

他就是这样的人，不习惯肩上搁担子，于是仿佛一转手这活儿就到蔚蓝手上了。谁让她也是韩呼冬的老同学。

蔚蓝打字：好吧，我带扬琴还是古筝？

竹风：随便。

对于这类在外演出的私活，团里是睁一只眼闭一只眼，只要不影响正常排练。于是蔚蓝悄悄找了陈肖、李倩倩、陈洁丽、张峰等几位民乐队的兄弟姐妹，二胡、琵琶、中阮都有了，连同安静的笛子和自己的扬琴。他们选了《渔舟》《步步高》《春江》这几个滚瓜烂熟的曲目。

演出前一天，竹风在QQ上留言："他们需要我们有鼓乐。"

他那轻淡的感觉让她有些生气。对方临时有这样的需求，他怎么像没事人一样就应了？

她拿出手机，电话过去，说，这怎么行？

他说，他们也是刚刚说的。

她说，那你就不会推吗？

安静感觉到了她的犯难，他也在犯难。他说，韩呼冬托的，说开场的时候一定要有声势。

他清亮的嗓音还像个少年人，这让她仿佛看到了他在那头无辜的表情。她原本想说"那只有你自己上了"，但转念想，抢白他也没用。团里是有一位鼓手，但那是副团长老魏，都五十多岁了，是领导，不方便叫他走穴。

蔚蓝握着手机，等了半分钟，听不到来自他那头的办法，她就说，那么也只有我上了。

他说，你上？

蔚蓝说，我上。

蔚蓝学的是扬琴，副修古筝。学扬琴的只要技艺还行，通常可以直接演奏打击乐，比如木琴。这也是不少扬琴女孩都擅长的。而在艺校时，蔚蓝有事没事却会去打鼓，尤其是练琴累了的时候，对着大鼓一通狠敲，"咚咚咚"，那样的节奏会促生宣泄感。有一个夏天的中午，空荡荡的艺校排练房外蝉声一片，她正打着大鼓，班主任李娟老师进来了，她伸出手指，示意蔚蓝别停下。蔚蓝有些不好意思，但看着那手势，硬着头皮继续，李老师手势往上盘升，蔚蓝打着打着，感觉头发都扬起来了。李老师的手指还在向上盘旋，意思是继续往上走，直到那奔放的鼓点盖过了盛夏的炽热。李老师笑笑说不错，说她的骨子里有刚劲，蛮适合打鼓的，只是女孩练这个有点偏门。

星期天下午，韩呼冬和司机开了辆商务车过来，拉上他们和那些乐器去世纪酒店"钻石宫"。他们公司的年会在那里举办。

好几年没见老同学韩呼冬了，他胖了一圈，深色西装，暗红色领带，有一种雍容的生意人气派。他先给男的发了一圈烟，然后对安静哈哈大笑，说，安静长高了，你怎么还在长个子啊？安静在韩呼冬的大大咧咧面前，更像一个拘谨书生，他呵呵笑道，哪会啊。韩呼冬说，大家辛苦了。安静指着蔚蓝说，她辛苦。韩呼冬就对着她叫了一声，哟，是阿蓝呀，都认不得了，成大美女了。

他憨憨笑着的时候，少年时代的神情又回来了，蔚蓝冲着他脱口而出："猪鼻头。"那是韩呼冬学生时的绰号。

开场就是鼓乐。在几把乐器奏出一段序曲之后，蔚蓝敲出一串鼓点，这是她第一次在众目睽睽之下表演击鼓，以前那都是自个儿在排练厅找空当闹着玩。

今天来演出之前，她还以为只是个房产公司的内部活动，没想到却是衣香鬓影的时尚化高峰论坛，本城名流云集，蔚蓝有些怯场，最初几个音打下去她感觉有点软。她瞥了一眼坐在前面的安静，他手握竹笛，好似没在意她是否敲在点上。他那样的静态，是蔚蓝眼熟的，民乐队每次演出他坐在她前面都这般波澜不惊，好像即将出神，场面与他无关。今天他就更加了。也是啊，今天的演奏也就是背景音乐，在这样的场合里没人是来欣赏音乐的。蔚蓝继续击打，"咚咚咚"，声势扬上来。蔚蓝在面前飞溅起来的鼓音中找到了安全感，而那笛手悄然弥散的安静，也令她眼熟、安稳。

今天蔚蓝没穿旗袍，为了动作利落，她特意穿了一身略紧身的牛仔。她把鼓槌一次抢向鼓面，她感觉许多人都往这边看。

很少有女孩担当鼓手，所以当蔚蓝舞动鼓槌，随奔放的鼓点甩动身姿时，气场迸发，相当夺人眼球。

一些人围过来了，站在前台看她。掌声如大雨突然而至。他们对着她叫好。好好好。这声音是促她加油，加快鼓点，快点，再快点，她心里有一团热气在涌上来。她感觉安静也侧转脸来，看着她。

开场曲结束，论坛开始。乐手们就先下了台，到钻石宫两侧的长廊里，等茶歇时间再次上场。他们坐在红色丝绒沙发上，远远望着台上专家侃侃而谈"中国经济与房产业拐点"。

韩呼冬从前排走过来。他脸上乐呵呵的，他说自己可听不懂那些专家在说什么。

他一边说，一边从LV手包里拿出一叠信封，一个个递给大家，嘴里说，不好意思不好意思，车马费。

信封不薄，估计比一般行情价多了不少。老同学这一点人事世故挺懂的。蔚蓝作为召集人，就放下心来。前两天她还在担心安静有没有问过"猪鼻头"酬劳多少。自己可以无所谓，但自己喊来的同事可不能白辛苦。她估计就冲安静那书生气，他多半没跟"猪鼻头"谈价，但由于是他单线联系，她也不好直接去谈。

韩呼冬冲着蔚蓝竖了个大拇指，说，不得了，不得了，梁红玉擂得也没这么好。

因为刚才演出全情投入，蔚蓝脸上的激情还没缓过来，这使她眉眼间光彩闪烁。她靠在沙发上说，这可比演奏三场扬琴还累。

然后她扭头问安静，还行吧？

安静看了她一眼，笑道，可以。

她让他去茶水台给自己拿一杯水，他就过去了。他泡了一杯热气腾腾的红茶，小心翼翼地端过来，其实茶水台放着许多饮料和冰块。她知道他不懂这些，就接过茶杯。

韩呼冬看着老同学们，把自己的手指伸出来给他们看，说羡慕他们还在搞音乐，而自己的手指变成这么粗笨了，五年了就没碰一下琴键。

他们就笑他，不碰键，碰钱，是牛啊。

钱？他说自己天天跟着个老爹烦都烦死了，天天还要跟着算账，人都算傻了，上个月从自己这边出去的推广费就是两百万。接下来，老爸还要进军文化产业，自己得去学一点影视，要不你们一起来吧，咱组个团队……

他这么扯着，把大家都扯到了云雾里去了。

而韩呼冬在接下来的时间里劝蔚蓝加盟自己的团队，好像突然发现他的团队里缺她不可了。他说刚才好多人都在打听你，你有这个气场，做公关运营准行，你还守在那个乐团里干吗？安静守守，还可能成大师，咱可不行，做演员这一行，挺悲催的，有时候只要有一个人挡在前面，就没戏了，沮丧了。

他真能侃，几乎侃到了自己不做乐手就是因为有安静挡在前面，让他死了心，所以还是给爹做司机吧。

他拍着安静的肩，伸头过去，仿佛搞笑耳语：这样的天才是会被打压的哦。

蔚蓝"咯咯咯"笑起来，她看见安静在同事们的眼神中躲闪着。蔚蓝把话题转到目前的房价，这是他们都感兴趣的。他们让韩呼冬透露房价内幕，他们让他保证如果买他爸公司的房子一定给打大折。就像许多不重要的演出，这么聊着，他们在候场间隙找到了乐子。除了安静，他一直坐在话语的外围，慢慢地隐逸开去。是啊，他不操心这些。他坐着在看手机。他看了那么久，把自己看到了远方。

韩呼冬注意到了安静的游离，以为他是不自在，刚好到了茶歇时间，他对安静说，要不别人不上了，你上去吹一个曲子罢了。

蔚蓝看场内乱哄哄的，想帮他，就说，我们一起上吧。安静却拿起笛，起身径自上台去了。

他站在台前幽幽地吹。《空山雨》，那笛音在人群的喧哗声中变得似有似无，没人在听，除了蔚蓝。从这边看过去，他显得那么单薄，像个不受人注意的小孩，在埋首玩着自己的玩具，那侧影让人怜惜。

论坛结束，乐手们留下来吃饭，老同学几年未聚，韩呼冬起了点酒性，安静被他灌了几杯之后，脸色红上来，接着就醉乎乎的了。散场后，韩呼冬让司机把他们送到爱音乐团大门口。

蔚蓝扶着安静往人才公寓走，她感觉他的步子有点歪，心里好笑，说，你不会喝干吗不推掉？他嘟哝着什么，听不清楚。她说，你可以不吞下去呀，悄悄吐在碗里。他转过脸冲着她笑，那眼神里似是经历同窗才有的亲暖，她觉出他此刻挺高兴的，虽然平时他脸上也有笑意，但现在他是真的在开心着，也可能是因为酒。

走到二楼，她看见安宁穿着运动服正下来。安宁愣了一下，看着她，然后仰脸甩了一下略长的头发，眼角都没扫安静一眼，仿佛他是空气。她对他说，他喝醉了。

从楼梯下方看上去，安宁站在逆光中，情绪将人笼罩。她心里突然不高兴了，她想我为什么要解释，我扶他回来又怎么了？

他没言语，"噔噔"地往楼下走。她扶着安静从他身边过去。

她把安静扶进宿舍。他软软的，低垂着头，突然亲了她颈项一下。她知道他醉了。没想到他把口袋里的信封拿出来，往她手里放，嘟哝道，主要是你，主要是你。

那好脾气的模样，让她那么心疼。

音乐会几种开法

六、走调

他想着蔚蓝从容的脸，这女孩像有安神的气息，吸引他奔过去，却像奔进了一个无法安神的处境，隔在中间的那层空气是那么神秘，又是那么徒然。

安宁控制着自己的气息，长笛冰澈的音符一直在低空徘徊。上午的阳光透进窗棂，落在排练厅木地板南侧，停留在那里。安宁甚至希望它再移进来一些，快速让那些音符暖起来。指挥老何的手正指向自己，手势往上抬，他也想把那些音符扬起来，像扬一群肥皂泡泡，让它们飘起来，飘进阳光的光圈里，清澈起来。但今天安宁的气息有些短，情绪上不来。

安宁驻足在这一群低飞的"泡泡"中，他的目光也像这无法飘移的音符，滞留在与交响乐队坐在一起的民乐队钟海潮、安静、蔚蓝他们的脸上。这是交响乐队为民乐《飞雁》伴奏的排练。曲笛、梆笛、古筝、琵琶、箫等几件民乐器，在交响乐队的烘托下，勾勒出中国韵味。

钟海潮独奏时，站在乐队前方。他的健硕身材有压得住身后人马的范儿，但那悠长的笛音却在这庞大乐队的协奏中显得局促、单薄，吹着吹着，音准就有了问题。与安宁的恍惚不同，他气息上的短促，是因为致命的年龄。

安静攥着一支梆笛，像一个清瘦的影子，随时都能逸出场外去。安宁从他的脸上，确实看出了一丝想逃的表情。是的，在钟海潮的笛音中，他坐在一群知己知彼者中间，脸上有想逃的痕迹。一个上午安宁都被这其中的意味牵引。牵引他的还有蔚蓝的神情，蔚蓝为《飞雁》担纲古筝伴奏，她的视线一个上午都没与安宁相遇，安宁从她的侧影中也看到了想逃的意味，而她想逃的正是自己的视线，但它是黏乎的胶水。

排练结束，安宁脸上有倦意。老何走过来，问他是不是昨晚没休息好。

安宁笑起来，眼角看见安静像阳光中轻捷的微尘，已从前门消失而去，而蔚蓝和小提琴手马莉他们也正在离去。安宁说，是啊，明天又要公演了，不知为什么居然有些紧张。

老何拍拍他的肩膀，说，没事没事，放宽心。

他往走廊里走。他听见钟海潮在喊他。他回过头去，钟海潮笑容可掬地对他说：

真棒，今天你的感觉真棒。

安宁微微摇头，知道他有什么事要说。果然钟海潮不完全是为了夸自己，他说，今天和你们交响乐队合，你有没有发现《飞雁》里的民乐器，与你们乐队还是不太搭。

安宁说，还好啊。我没感觉出来。

钟海潮呵呵笑道，那是因为你客气，我感觉曲笛、梆笛、古筝、箫在有些片段挺游离的，尤其是每当大乐队的声音上来时，显得不搭调。

安宁回想了一下，是有点，但因为"混搭"本来就是创意节目，只要气氛在了，也算是可以了。

钟海潮见安宁在琢磨着的样子，就说，要不，安宁，不搭的部分，你帮着再编一下曲，让两类乐器更融合一些。

他知道安宁有时也帮乐团做一些编配工作，所以让他帮这个忙。

安宁看着他的眼睛，他相信自己从里面看到的是另一种心思，他感觉得到它。但他本能地不想搅和这种细腻心思，所以他说，其实还可以的，你太求完美了，我觉得蛮好了，要调整的话，可能会动作大了。

钟海潮朗声笑道，没关系，只要效果好，毕竟是去北京大场面演出，糊弄不得人的，要不后天二次预演时，你现场再听听看，还可以做怎样的调整？

第二次预演，省长将被邀请前来观看。安宁告诉自己不能分神，尤其不能被情感分神。

所以在演出前一天，他得让自己死心。他坐在宿舍里告诉自己，可以去爱一个人，但不可以要求别人爱自己，没有这个理由，也不会实现这种可能。

宿舍里寂静无声，台灯的暖黄光晕把他的头影投在墙上。他说，我真的喜欢她吗？喜欢什么？是因为她喜欢他，所以才加剧了自己对她的在意？窗外有隐约的公交车报站声。他发现只要屏声静气，自己甚至听得到十公里以外火车站的声音。只要拎起包，去火车站，就可以回家去看妈妈。不能再让自己痛苦了，因为已经在痛了，没有人能帮你，所以你必须死心。

窗外的梧桐在晚风中沙沙响。心里懂了，情感上还是没法过关。以前也经历过情感，但这一次为什么如此猛烈？这是命里必需有的纠结？他想着蔚蓝从容的脸，这女孩像有安神的气息，吸引他奔过去，却像奔进了一个无法安神的处境，隔在中间的那层空气是那么神秘，又是那么徒然。安静清淡的神色也在他面前晃动，好家境，奇绝乐感，淡泊，就会有气质，被人倾慕是理所当然的。问题是你看到的是温室的花，而你不愿看到的是优越资质，但别人恰恰看到了，它就像刀子一样刺中了你的敏感，你的虚弱。

他让自己死心，他对自己说，我比不上他。她不是说了她需要的条件吗？她说的一点没错，她其实要的不多。当然，相信条件也可能是她的借口，对于这样从容的女孩。关键是她和我一样，看到的恰恰是自己最在乎的。自己没有，他有。他感觉着自己的妒意像窗外的风一阵阵吹来。他想着林重道的脸，向葵的脸，那个不知方位在何处的优越的家。阶层感像是弥天的痛感，在这单身宿舍里弥漫。如果说当年它像一阵风吹走了他的父亲，如今它又以具象的困境让他自卑。

他在那片笛声的幻听中，真的被死心覆盖了。

他俯身从床下拎出跑鞋，穿上它，出门去跑步。

今天的风有些大，他在路边飞奔，他在风中轻唤她的名字，蔚蓝蔚蓝。他感觉这名字从气喘吁吁的嘴边呼出去，它就被风吹走了，就像自己心里的意愿在一点点消失。

他跑啊跑啊，居然真的跑到了火车站广场。衣服湿透，他抹着额头上如雨而下的汗水，在车站广场的台阶上坐了一会儿，夜晚的灯光照耀着川流不息的旅客，在陌生人中间他看着他们的脸，相信这一生他们不会再遇见。他告诉自己，就把他们当同事，最陌生的熟悉人，谁知道谁啊，谁来得及管谁啊，谁那么笨把自己的心痛放在他们身上啊，从另一个时间维度望过去，下一个站台都不一定在一起。

他心情略有放松，就乘坐39路公交车回来。车上只有他一个乘客，坐了十几站路居然还是他一个人。窗外掠过夜晚寂寥的街景，那些繁华商场的橱窗就像梦境，他感觉这景象恍若宫崎骏电影《千与千寻》中的片段。他对前面的司机嘟哝：成我的专车了。司机笑道，我也是第一次遇到这样的事。

他对司机说，我刚跑了十公里回来。

司机说，强啊，马拉松。

晋京演出前的第二次预演拉开大幕，安宁置身于乐队中，台下座无虚席，安宁的视线没瞟向第七排的省长、文化厅厅长等一班领导，而是落在了第二排的最左侧。

今天向葵坐在那里。在她的旁边没出现林重道，而是另一位与她年纪相仿、妆容相仿、气质相仿的端庄女士。这女士的旁边，坐着一个短发女孩，戴着酷酷的黑框眼镜。

安宁知道，他们是来看安静的，虽然安静今天是不起眼的伴奏。

安宁不知道的是，那女士是向葵自小的好友吴槿茗，向家与吴家是世交，吴槿茗的父亲当年是省长。今天向葵邀约吴槿茗携女儿许晴儿来看演出，其实是来相亲的。

许晴儿小时候就认识安静，后来她去上海读国际双语小学，然后出国念高中、大学，就多年未见这个小哥哥。等许晴儿前不久研究生毕业，从英国回来工作，吴槿茗这才意识到女儿的婚姻成了当务之急，于是搜索周围有哪位人选般配。其实也不用多想，一抬头，就是好友向葵的儿子安静，其实这么些年来，玩笑间，早已口口声声要结亲家了。

许晴儿出国多年，如今已认不出安静了，而她自己也已成了个性独立的女孩，今晚两位母亲也没跟她交待自己的算盘，而是先带她来看演出，想让她先对对感觉，然后再做思想工作，估计问题不大，因为小时候许晴儿就喜欢跟在安静屁股后面，听他讲鬼故事，吓得一惊一乍。

舞台上的安宁收回了视线，父亲林重道没来，向葵他们就与自己无关。

安宁觉得不仅是他们，就连坐在乐队前方的某些人今晚也必须与自己无关，他找到了一个沉浸于音乐的捷径，那就是钟海潮拜托的"那个作业"——找找看，为曲笛伴奏的箫、古筝、琵琶、梆笛在哪几个点上还可以与大乐队再配得更和谐一些。

他一边吹奏自己的长笛，一边悄悄地倾听。他站在乐队的左侧，在起伏的音浪中，让自己沉浸进去，割断自己的胡乱思想，和所有不愉悦的蛛丝马迹。他为自己的意志骄傲，他甚至没瞥一眼那两个让他愁肠百结的身影。他让自己的意愿随风起伏，笛声从冷幽转向清澈，有那么一刻他好似打开了清晨第一缕阳光。

许晴儿注意到了台上那个吹长笛的，台下的听众不可能不注意到他，他是那么玉树临风，姿态潇洒。

他眉宇间的神情在变幻万千，随嘴边长笛逸出的乐音，呈现着各种意念像风一样掠过脸庞时的喜忧，魅力清晰可感，像灯塔一样映照着身后的乐队人马，那样的光彩使他从众人的水波中浮升起来。

他的样子很浪漫。当他向舞台上方的灯光仰起脸，线条清晰的脸庞显得洋气。他凝神的样子是那么美好、阳光、无忧。

她甚至都没去想他是谁，或者说他是否是安静。她瞬间被吸引。她想起来了，大学本科时有一个同室好友说过最想嫁的是长笛手。

现在她觉得很有道理，真的有品。她是学工科的，工科中哪有这样的男孩。

她一动不动地看着，她没去听妈妈和阿姨在耳语什么。一直看到演出快结束时，她才想来，那个人多半是安静吧。因为他们只对她说是吹笛的，但没跟她说是哪一种笛。

一散场，她对母亲和向姨说她要去后台找安静。随后就风风火火地上去了。

她找到的是安宁。他正在擦拭长笛，准备把它放进盒中。此刻他脱下了黑西装，只穿着白衬衣，在凌乱后台的众人中，依然夺目。她冲着他叫了一声：安静吗？

安宁没感觉是在叫他。她就走到他的面前，伸出手，笑道，嘿，安静你好。

安宁抬起头来。他愣了一下，以为是哪位音乐爱好者，或者粉丝。安宁见过这样的女孩，演出后会追到台上来，所以他没当回事。他冲她笑笑，说"谢谢"，而心想她可能是要签名。

她从他的眉眼里真的分辨出了一点他小时候的样子，尤其是那双深深的眼睛，但她瞅着他漠然的样子还是不能确认。她问，你是安静吗？

他不知道她在说什么，后台这一刻总是像打扫战场一样嘈杂，他听成了"你的QQ呢"。她是问他要QQ吧。是常有这样的粉丝，尤其是那些学音乐的学生，会问他要QQ或者电话什么的。他笑了一下，就随手拿过桌上的一张纸，"刷刷"地写了一个QQ号，递给她，随后起身，拎起笛盒，对她笑道，对不起，要坐车回团里了。他就匆匆随别的乐手一起走出化妆间。

她拿着那张纸，一愣，然后就笑了，她对着他的背影说，好呀，安静你先忙去。

安宁从后台侧门匆匆出了音乐厅。他们呢？他相信他们走在一起。他告诉自己别去看他们，就像刚才在舞台上一样，但目光现在可没听他的使唤。他没看见安静，他看见蔚蓝和乐队其他女孩走在前面，正往团里的那辆车过去。

后来在车上，他坐在蔚蓝的后座，他相信她知道他一直在注视她，因为那头发丝在传递局促。后来，她回过头来，对他温和地笑，说，你今天吹得真好听。

他嗯了一声，扭头去看窗外，心里似有委屈的泪水在涌上来。他想，那个弟弟可能是个笨蛋，居然在散场后自顾自回家，让这么一个女孩独自回团里去。

安静确实没随团里的车回去，今晚他直接回家，因为妈妈说她和吴阿姨一起来了，在音乐厅大门口等他。

现在他穿过散场后的音乐厅，往大门口走。音乐厅在华灯怒放之后，此刻正飞快地沉入寂寥。他喜欢这样的感觉，尤其是回望空落的舞台。他也不知道这是为什么，好像在艺校演出时就是这样，也可能是在情绪投入之后，需要这样的安宁，因为它符合心跳的节奏，以及那种对结局的洞悉感。很小的时候，他就被母亲推着经历繁华，很小的时候，在最风光的刹那，他就渐渐意识到一切都会结束，短促得像一个哈欠。

母亲和吴阿姨正站在音乐厅的前厅向自己招手。她们身后的墙上贴着一张巨大的海报，海报上爱音交响乐队呈环形而坐，一束鲜媚的光打在环形阵容之上。海报底纹淡淡地印着两个人的剪影，一个是长衫钟海潮，一个是西装安宁，横笛欲吹、遥相呼应的姿态让静态的乐队呈现出动感。

母亲向葵身旁站着一个女孩，正背对这边在看着海报。吴阿姨拉了一下她，说，安静来了，你看安静。

那女孩笑着回过头来，她看着安静，睁大了眼睛和嘴巴，俏皮的鼻子都翘起来了，像逗人的卡通女孩。

许晴儿知道自己刚才认错人了。她一边看安静，一边回头去看海报。

她"咯咯"笑起来，说，安静，我真的认不得你了。

其实如果她不站在吴阿姨身边，安静也认不出她来了，尤其后来四人在江畔的凯来大酒店三十楼旋转餐厅吃宵夜的时候，安静发现好多年前的小姑娘现在变得伶牙俐齿、锋芒闪闪。

许晴儿显得很兴奋，她夸他们团队好，她说，那个吹长笛的好帅。

吹长笛的？向葵正把红茶杯递给安静，她的手在空中愣了一下，杯子被儿子接了过来。

是啊。许晴儿没注意到向阿姨脸上掠过的一丝古怪，她看见安静在冲她笑，安静说，他呀，万人迷，我们团的，都这样叫他。

她闻言又笑起来，她在两位太后面前，故意装出个性、搞怪模样，她说，哪天介绍给我，我喜欢这一款。

她这样口无遮拦，是因为她知道母亲在为她的婚姻大事着急，所以她装出比她更急不可待的样子。她原以为她们都会笑，没想到她们都没笑。只有安静对自己吐了一下舌头。

安静和许晴儿可没想到这是在给他们相亲。他们的谈话很轻松，安静觉得她很逗，也对呀，是海归嘛，当然不同于以前的小土妞了。

安宁在灯下给《飞雁》片段重新编配，他抓住了曲笛、箫、古筝、梆笛与交响乐队交融处的突兀点，做一些删减、过渡，他发现这事如果要完美的话，需要重新定义旋律动机，为什么在此处需要小提琴进入，而那里需要竖琴、长笛渲染，而简单一点的做法，就是做减法，去掉民乐中的一些元素，反而能更融洽。"民乐化的西洋乐"和"西洋化的民乐"是不同的呈现，不可能没有轻重，而放在这一台交响音乐会中，《飞雁》作为"西洋化的民乐"在质感上会与别的曲目更协调。

这样的话，最简单的办法就是拿掉古筝、琵琶、箫，只留下梆笛为曲笛伴奏，交响乐队与这大小笛呼应会较为简洁，处理起来反而突出重点。

安宁顺着这一思路开始调整，他哼着旋律，他想象着钟海潮和安静在台上呼应，突然觉得这彼此憋着气的师兄弟俩呼应的样子有些好笑。但，这确实是个举重若轻的办法。

有人在敲宿舍的门。安宁应了一声，去开门。门口站着民乐队队长钟海潮。安宁刚才正在想象他，所以愣了一下才反应过来。他发现自己手上已经被钟海潮塞了一个保温瓶。钟海潮"嘿嘿"笑着说，老弟，知道你在辛苦，我让老婆煲了一锅汤来给你暖暖胃。

安宁说，这么客气干啥。他把钟海潮让进房间。钟海潮大概刚理过发，腮帮子刮得很青，头发永远保持寸把长，短硬，像刷子一样。他目光炯炯地看着安宁，手指着桌上的曲谱说，看把你辛苦的。

安宁说，还好，思出了一个办法。

钟海潮朗声笑道，我就知道难不倒你这个大才子。他把自己背着的皮包放在桌上，凑过头来看曲谱。安宁指着谱子说，对《飞雁》做了一些伴奏上的减法。钟海潮说，咱俩不谋而合。

但随着安宁说下去，他发现他俩合的是减法，不合的是减哪一样。

钟海潮对着谱子，轻轻地哼着，哼着哼着就闭了嘴，他泛青的腮帮子鼓起来了，好像憋着一口暂时不知如何吐出来的气。

他终于说了，减古筝、箫不妥，《飞雁》的丰富性没了。他瞅着安宁，眼神里有隐约的企求波光。民乐《飞雁》在交响乐队背景下呈现，编配只能通过交响乐队的人，比如业务骨干安宁进行调整才符合程序，如果单单在民乐队里的话，他自己早就直接改了。

安宁躲闪了一下自己的眼神，因为他已看到了这硬朗男人心里的虚弱。不屑和怜悯像桌上台灯的昏黄之光在这屋里辐射开去。安宁眼前掠过那天排练时安静脸上想逃的神情。他想，何必呢，非让他们凑合在一起，就让那人溜了吧。他还想了一下安静和蔚蓝坐在自己前侧的背影，他是多么在意他们挨在一起，这甚至能导致他刹那间涌上来的情绪趋向焦躁。他想，如果安静不去，自己在演出时至少会心情平静一些。他耳畔响起了那穿透力奇特的竹笛之音，哪怕是伴奏间的一两个音符，它们都能让自己迷失并且在意。

他扭过脸来，看着钟海潮。他还得装一下糊涂，才能承担得起自己对音乐的短暂失敬。他眨了一下眼睛，像在想怎么处理这些乐器全都上的难题。钟海潮从搁在桌上的那只皮包里掏出一只崭新的三星手机，笑道，呵，朋友给的，我已经有了，你整天看乐谱，手机字太小了影响眼睛，这个用得上。安宁也笑起来了，他明白了钟海潮日益被自我暗示的心病，高手哪怕被挤到了最边缘的位置，只要他同时在台上，就会让自己不踏实、心虚、失去镇定。

这让安宁陷入对那个弟弟的巨大惆怅、羡慕、嫉妒和恨。他甚至也感到了自己的虚弱。这感觉甚至让他口腔里有了苦涩的味觉，与他猜疑蔚蓝迷恋上安静时是一模一样的滋味。因为他们都看到了他所看到的、他最在乎的、他最匮缺的特质。

安宁推开了那只手机，说，潮哥啊，你怎么了，需要这么客气吗？

安宁深邃的眼睛看着钟海潮头顶上方的空中，他说，要不减去梆笛和琵琶，留下古筝和箫。

他感觉到了钟海潮的笑意正在递过来。他再一次把那只手机推还给这个中年男人。他像终于解出了一道难题一样舒了一口气，他确实是叹了一口气，他发现了来自心底里的轻松，这轻松不完全与钟有关，还与自己的某些本质纠结有关。

钟海潮是真心想把这手机送给安宁。平日里他注意到安宁的节俭，他喜欢这个高学历、懂事的孩子。钟海潮在爱音一班年轻人中有"大哥情结"，只要你给足他所需要的感觉，他会撑你，也会罩着你，他是团长张新星的好兄弟，他有这个能力。他缺的能力是技艺上的神来之笔，到这个年纪，气息也在减弱，除了安静之外，一班小孩也都在追上来了。前些年导师伊方在世的时候，轮不到他做笛界首席，后来导师走了，自己当了领军者才没多久，没想到安静横空出世，有让人绝望的奇绝之招。他也知道这是命，有些人就是中间层，他想认命了，但心不听使唤，舞台上的灯照耀一个人的时间真是太短太短，但他喜欢舞台，偏偏真的热爱。

他想，再让安静等几年吧，谁都是要等的，为什么就你不可以等？人本来就是不公平的，我自己遇到的不公平大把都是，安静你年纪轻轻又啥都不缺，等一下又怎么了？别人什么都没有不也在等吗？世界终归是你们的。

安宁没收下手机，钟海潮居然有些伤心。他背着皮包走出爱音人才公寓的时候，心想着以后得多帮帮这孩子。

他知道安宁与安静其实是兄弟俩，但他们的落差是一目了然的。他想着他俩的名字，想着安宁改换了的姓氏，他甚至听说安宁还有一个叫"赛林"的小名，谁都能感觉到那位母亲的痛感和安宁无言的压力。因此，他更喜欢安宁一些，他相信这团里的人大都也有相似的心理。懂事、要强的安宁加油，加油吧，凡人逆袭，给人安慰。如今这团里的小年轻与全国多数搞高雅艺术的人一样，属于清贫一族，安宁，你一无所有，面对这样一个啥也不缺的弟弟，你好好搏，不会差的。

这么想着，他觉得明天自己该去团长张新星那儿为安宁美言几句。团里最近不是要推举省青联委员人选吗，安宁是最需要上的。

音乐会几种开法

七、喧哗

安静看见这哥哥从电梯里出来，脸色苍白，就向他点了点头。他们平时也是这样。安宁今天居然没走开，而是看着自己，眼睛里有古怪的语义。他好像想说什么，又没说，他晃了一下头，就走了。

钟海潮走后，安宁在电脑上修改乐谱。QQ在闪动。他点了一下，一个卡通女孩头像跳上来，昵称"静冥幽客"，要加他好友。

　　那人说：你好，长笛哥哥。

　　安宁：您哪位？

　　静冥幽客：听众中的一位。

　　安宁：哦，谢谢。

　　静冥幽客：那天我认错人了，但也可以说没认错，因为我喜欢你的长笛。

　　安宁不知这是哪位粉丝，他打字：谢谢。

　　安宁的粉丝们时常会在QQ上与他聊几句，他忙的时候就三言两语把他们打发了。不太忙的时候，他会和他们聊天，因为他知道这年头有人喜欢你真不容易。他不知道这位"静冥幽客"是哪一位，看头像该是个女生。他想起来前两天演出结束时有一位戴着小黑框眼镜的女孩问他要过QQ，也可能是她吧。

　　安宁：你戴眼镜？

　　静冥幽客：是的，你想起来了？

　　安宁客套一下，打字道：对的，印象挺深。

静冥幽客像许多粉丝一样，被鼓舞了，兴奋的情绪立刻反馈过来：谢谢你那天的演出，你是那么阳光，让我开心了一晚。

安宁不知怎么回，就歇着。

静冥幽客继续：真的像一道阳光落在眼前，很干净、动人。

或许是刚才钟海潮捎给这屋里的沉重气息还未消去，安宁不由自主地打字：没像你说的那样好，很累的，有时很不阳光。

静冥幽客：怎么会？也可能是演出累了？

按以往的习惯，安宁会打住，粉丝大都喜欢抒情，他理解他们对舞台意境的沉浸，而自己不会当真，所以最好就是淡处理，但今天他想说说：台上和台下是两个世界，有时候，越阳光是因为越不阳光。

静冥幽客：怎么会？

安宁觉得这多半是个傻妞，他也不管她懂不懂：不阳光才知道阳光是什么，才能演绎阳光。

静冥幽客：？

安宁：就像演员，如果你真是一张白纸，你是演不了单纯的，只有阅历沧桑，你才知道什么是一张白纸，才能演绎单纯的本质。

静冥幽客：很深刻，我懂了。

安宁：所以，有时候我真想永远待在台上，永远不下来。

静冥幽客：我懂，但因此我有些忧伤了。

安宁想她真的很文艺。

静冥幽客继续打字：我懂，其实想一下，谁都能懂你说的是什么，每个人可能都是这样，连你也不例外啊，可是这对我的感觉来说，倒是个例外。

安宁打字：呵，我倒希望你把台上的东西看作一种幻境。

又加了一句：我现在忙着，以后聊，好吗？

静冥幽客：88。

静冥幽客又追着打字：不好意思，好像让您伤感了，愿您快乐。

向葵出现在爱音乐团的走廊里，她温和地问迎面走来的小提琴手王浩：张团长的办公室在哪里？

王浩知道她是谁，因为她的脸早几年每逢中高考的时候常出现在电视新闻里。王浩说，啊，是向厅长啊，张团长在顶头的那间。

向葵点头，带着似笑非笑的表情往那边走。她穿着一身藏青色的套装，头发一丝不乱，鞋跟的声音传响在走廊的大理石地面上。

王浩走进自己的排练房，他对同事蒋耀低语，安静妈妈找上门来了，人家家长找上门来了，这是有点过分的。

这一边，向葵走进张新星的办公室，她说，是张团长吗？

张新星一看是安静妈妈，以为她是路过这儿进来看看，就笑着请她坐下，说，向姨，难得难得。

虽然向葵的脸色说明她有事商榷，但她像所有当过领导的女人一样，言语从容，单刀直入，利索温和。

她说，安静在这里也有好几年了，领导栽培得好，我们一直是放心的，所以我们也就有些粗心，对他关心不够。

张团长说，安静不错，为人不错。

向葵让自己的笑容停留在脸颊上，她说，你们都说他人不错，他也就老实，其实这孩子很自卑，这孩子在这团里越来越自卑了。

张团长说，没有啊，小林挺好的，蛮稳重的。

向葵瞅着团长，说，你还夸他，他连当个伴奏员都不合格了，你说他能稳重到哪里去？

为什么？

向葵笑起来，轻声道，我还想问为什么呢，不是说这次去北京演出，开始他还有个独奏，后来取消了，然后就是伴奏。这孩子还是乖的，好好地练伴奏，在家里也练，但现在突然连伴奏的份都没了。我想要么是他做人不行，要么是技术太差了。

张团长这才明白过来她是来干什么的，于是有点支吾。

向葵的表情有些严肃了，她说，如果是技术太差，我们领回去，自己出钱请名师，教好了再来。

张团长看着她，摇头。

向葵说，如果是做人不行，那么现在团长你把他叫进来，我现在教育他，马上教育。

张团长说，唉，孩子大了，不要这么扶着，让他自己走。

向葵说，让他自己走？那是因为没人让他走，我没办法才扶着他走。

向葵看着墙上的地图，脸色趋缓，她笑道，安静这人就是老实，老实了就不让人走，这年头很多事怎么都成这道理了？孩子做梦都想去国家大剧院，哪怕让他在角落里充个数，对他都是个鼓励。他都为这个机会练了这么久哪，张团长，您说，这还不自卑吗？我怕他这样下去会有心理问题。

张团长连忙解释，这次去北京，主要是交响乐队的表演，不是所有的民乐手都非得去，那段民乐本来也是硬加上的，毕竟是交响音乐会啊。

向葵没听他的解释，她已经走到了门口。她回头说，那我自己去想办法了。

这天上午，安宁在排练房接到了门卫的电话，说是雪泥蛋糕坊送了个生日蛋糕过来，是给他的。

今天不是我生日啊。安宁觉得挺奇怪，连忙下楼。果然传达室桌上放着一个别致的蛋糕盒。透过玻璃纸，可以看到白色的玫瑰奶油花，排列成方块阵，像精美的花田。这方型蛋糕还围着一层紫色的绢纸，色调雅致，沉郁的奶香沁人心脾。

蛋糕盒上附着一张小纸："生日快乐。有阳光。静冥幽客祝。"安宁心里一乐，她怎么把今天当作我的生日了？

安宁提着蛋糕往大楼里走。他在一楼大厅看到有个穿套装的女人正站在廊柱前，拿着手机在打电话。他仔细看了一眼，居然是安静的妈妈向葵。

向葵在说，你分管过，你帮忙去说一下。她的眼睛看着大门这边，所以她也一眼看到了安宁。不知是有意识还是下意识，她居然向安宁招了一下手。安宁愣了一下，而她也正好通话结束，她就走过两步，站在离安宁两米的地方，从头往脚地扫了他两眼，这眼神让安宁转身欲走。她说，小冯吧？

安宁不知她想干吗，回头看她，并向她点了一下头。她脸上似笑非笑，从容不迫，像站在教室门口问学生迟到理由的女教师。她说，我是安静的妈妈，我听说你还会编配曲目，很有水平的。作为长辈，我只想说一句，艺术这东西来不得半点杂念。

安宁心里被刺了一下，他让自己的脸色平静，心里漠然，装傻，他仰脸道，非艺术的人谈什么艺术多半是因为杂念。

安宁拎着蛋糕往电梯里走，心里突然就充满了愤怒、羞辱，刺痛不安。他想，什么玩意，对我唱什么高调？偏踩你怎么样？你这娘们踩了多少人都不知道，装什么装，切。

电梯到二楼，他出来，迎面遇上安静，安静脸上急匆匆的神色，正在等下楼的电梯。

其实安静这才知道他妈来过了，找团长论理了。他急忙从自己的排练房出来，听说她已经下楼了，他心里又急又难堪。他想，有病，为这事登门。于是他连忙追下楼。

安静看见这哥哥从电梯里出来，脸色苍白，就向他点了点头。他们平时也是这样。安宁今天居然没走开，而是看着自己，眼睛里有古怪的语义。他好像想说什么，又没说，他晃了一下头，就走了。

安静就看着他的背影，没想到安宁走了几步，也回头看自己。他好像听到了安宁心里欲呼的气息，不知为什么。

安宁向安静局促地笑了一下，转身往前，走进了他自己的排练房。安静小兔子一样的表情，这些天像一根刺偶尔会让他隐约难堪一下。安宁安慰自己别在意，自己还是太善良。他让自己去想向葵的脸。这又让他不舒服，他就把视线投向蛋糕，和那张纸："生日快乐。有阳光。静冥幽客祝。"

它们比周围乃至自己的一切都好看，尤其此刻。他对着蛋糕说，有阳光。

安宁把蛋糕分给同事们一起吃了。

他打开电脑，连上QQ，静冥幽客正好在线。他打字：谢谢你的蛋糕，你的阳光。

静冥幽客回：呵呵。

安宁：你怎么知道今天是我的生日？

静冥幽客回：你的QQ资料上不是这么填的吗？前天我一看，正好是今天，算我运气好，能祝福上。

安宁有些感动，他打字：呵，算我运气好，虽然今天不是我的生日，因为资料是随便填的，但我今天需要阳光。

静冥幽客可能正在忙，她的回复很简短：OK，还是我运气好，因为你需要阳光。

安宁：你忙着？以后聊，88。

静冥幽客：是，忙公司的推广派对，88。

张新星团长下午的时候接到了前文化厅厅长、前省府秘书长、宣传部长以及父亲的老战友等一干人的电话。

电话里的意思是：让安静上，千年不托，这忙也不是大忙啊。

张新星坐在办公室里，心烦意乱，凭他的感觉，这事随他们扯下去会更烦，所以自己得态度明确。

他的态度是，首先他也不懂这编配的活儿，总得相信专业人士，至少在台面上得这样，否则又改回去，那么怎么解释呢？每个人对每次调整其实都是可以商榷的，那么还有完没完。如果这次随她的愿，那么下次人人都可以来质疑。艺术的事不完全是艺术，它还是管理。

第二，他反感团里有点屁大的事儿，有些人就去找上面的人。风吹草动就找人，给不给自己这个团长面子？

第三，他不喜欢向葵，再说他上午也没最后把话说死，她急不可待，立马找人，就算她会找人？

第四，如果答应她，那么就意味着找人有效，别人也会找人。其实团里这些天也确实还有其他人在找人，交响乐队、民乐队的李非、张晶晶、沈婉如都在找，难道让他们也闹一场？

第五，前领导们毕竟是前领导，再说也确实不是什么大事，我让钟海潮、安宁拿出个实打实的专业理由，相信他们也会通情达理，我就不信向葵不会让他们烦。

他就让人把钟海潮和安宁叫进自己的办公室，他对他们说，安静的妈妈有想法，你们简单地写个编配说明。另外，老钟你需要做点安静的思想工作，也不能让小伙子不理解，蛮好的一个小伙子嘛。

张新星看见安宁一直局促地坐在一旁不说话，就有些同情，他指着安宁对钟海潮说，老钟你确实需要做思想工作，否则这孩子也会有思想压力，给那个向葵这么一搅和，他还怎么做涉及民乐节目的编配啊，都以为他真的是在挤压兄弟了，也不至于呀。

张新星这么说着，就觉得那女人确实疑神疑鬼。

蔚蓝给安静打电话，她听到了他慵懒的应答，不紧不慢。她就放心了一些。

蔚蓝问，你在哪儿？

安静说，我在文博阁。

文博阁是清代的一家私家藏书楼，现在成了省图书馆的古籍部，在植物园竹林区的后面。

蔚蓝问，你什么时候回来？

他悠缓地说，现在不回来，要晚点。

蔚蓝：你在那儿干什么？

安静：我在查一本乐谱，老乐谱。

蔚蓝想了一下，就说，你在那儿别走开，我过来。

她就打车到植物园门口，穿过竹林，向文博阁走过去。以前她从未走进这里。读书时听老师说过，这里藏有不少古代的乐谱，尤其南派丝竹和古琴乐谱，是价值惊人的宝贝，没想到安静还真的来这里淘宝了。

下午的风吹拂过来，整个竹林都在沙沙地响。她想着安静刚才悠缓的声音，希望他此刻的神色也一如往常的清淡。她知道他妈妈上午来过单位了，这事在传言中有些搞笑。她知道以安静的心性，为这无足轻重的伴奏之事闹腾是荒诞的。但问题是，他妈确实来论理了，而且在飞短流长中，还扯进了钟海潮、安宁的动机，它们被演绎成了一场戏。流言是生活中的调味品，但对内向腼腆的安静来说，它意味着暗示和不堪。蔚蓝懂这个同龄男生的温和、敏感。她一个中午都没在团里见到他，就不放心了，怕他一个人在难过，于是就找他。

蔚蓝穿过文博阁院内的小径，往那幢三层木楼上走，这院子里此刻没有别的人影，透过木格窗，可以看见里面的一排排书柜。每阵风过，更显出这里寂寥的书香。安静坐在二楼临窗的木桌前，他正往本子上抄写着什么。蔚蓝没叫他，她在门旁的一张木椅上坐下来。从这个方向看过去，他显得清瘦，依然被他自己惯常的那种气息环绕。这种安静的气息使他与许多人区别开来，蔚蓝觉得它像一片空蒙的气体，也像是一个没有尽头的袋子，跑过去，就进入其中，让你平静，但无法触壁，即使你跑啊跑啊，你和他之间还是有这样一层空气。这段时间以来，她就在这一层空蒙的空气里跑，自己爱上他了吗？可能是，但也可能不是。这让她迷糊。因为没有欲望，只有惦记，惦记他笛音里那幽幽的一缕情绪，说不清道不明那是什么在让人纠缠；也惦记他的平静，因为这平静是那么脆弱，好像分分钟就可以被打碎；甚至担忧他是否在因此郁郁寡欢……她也说不清自己是怎么了，就像是粉丝吧，或者像一个识得珍宝的人，在忧愁地注视着那灵光一闪般呈现的奇绝禀赋，因为它可能极其短暂，它呼应了自己一天天长大的感悟。

这个男生，会成为她的爱人吗？她忧愁而飞快地想了一下，在她眼里他更像是一个少年，长不大的彼得·潘，她在心里不承认暗恋，但那又是什么呢，她不知道，那么就先这样吧。

安静感觉到有人在这屋子里了，他回过头来，说，你来了？

蔚蓝看着他转过来的脸，他淡淡的笑容、稍有一些迷糊的眼神，她现在清晰地在读自己对他的感觉，确实，好像没"爱上"，更多一些的好像是不放心、惦念、暖情。她就对他说，不好意思，你没去北京演出的事。

安静脸红了一下，嘟哝道，没事，下次有机会再去呗。

她站起来，走到他的旁边，对他说，别把它放在心上，因为你真的很棒的。

他像个孩子，垂下眼皮，嘟哝：知道。

她说，你妈来论理这事也别放在心里，谁家没事呢？别人明天就忘记了，谁整天记着别人的事？想开，你这次不能去北京，不是因为你不好，而是因为你太好。

他的脸更红了，他摇摇手，哪里哪里，我不想这事，我下午请假来这里查资料，在这儿坐了一会儿后，就不想这事了，就没事了。

安静说的是真实感觉，当他像把头埋进翅膀里的鸵鸟，钻入这些古乐谱里后，这两天尤其是今天上午的难堪就渐渐消遁而去。

蔚蓝笑起来。他眼睛里的单纯，也让她安静下来。她发现他能让人安静。也可能，自己总惦记着他，总想和他待一会儿，就是因为他能让人安静。这确实有点迷糊。

她觉得现在可以谈那件事了，因为心里有歉意。她轻拍了一下安静搁在桌上的手臂，说，对不起，可能是我让安宁生气了，他重新编配时就没把你放进去。

安静没听懂，他支吾着什么，其实他不想说"自己出局"这个话题，它让他感觉沉重，沉重的东西他都在逃避。

蔚蓝知道他没明白，就说，是因为他误会了我们，就看着你不高兴了。

蔚蓝这么一说，安静就想到了曾听说那个哥哥在追她但没追上这事，但这跟自己又有什么关系？自己和蔚蓝是老同学，又同在民乐队，走得近一些，他生什么气？当然这么说了，以后就别那么近了，省得他不高兴。

安静看着窗外那片竹林，说，我不怪他，编配怎么编，又不会是他一个人的意思。我还觉得这事让他难堪了，我们民乐队的事怎么把他扯进来了？扯别人也就算了，但偏偏是他，更何况上午我妈告诉我，她还挤兑他了。安静收回视线，嘟哝道：因为我这点事，把他给拖进来了，别人会怎么想他？这事让他难堪了，这事就成了乱麻一团的傻事了。

安静可不是书呆子。

但蔚蓝知道他和自己说的不在一个点上。蔚蓝瞅着他，再次拍了拍他的手，说，也就你善良。

安静手指轻弹了一下面前的矿泉水瓶，说，你别为我担心，你老在为我担心，我知道，这让我压力挺大的，真的。怎么说呢，像我妈就是这样。

蔚蓝心里飘忽了一下。她想不到他会这样说。

他们就不再说这个，而是一起对着那本乐谱看起来，安静哼了几个调调，说，好听。

蔚蓝没听出哪里好听了，她环顾四周，觉出了这书楼的韵味。她说，这里真好，下次把竹笛古琴带来，让国家大剧院歇一边去吧。

安静冲着她笑了，脸颊上像个小孩一样有酒窝。

他也终于像个小孩一样承认，其实啊，我真的挺想去国家大剧院的，真的，你多拍点演出照回来。

音乐会几种开法

八、艰涩

蔚蓝穿着蓝色的毛衣，晨风吹扬着她的头发，她没在意它们乱了，因为她回过头去，停住了脚步，把手放在安静在推的箱子上。他们一起推行，往这里走，像一对姐弟。

第二天晚上，安宁听见有人敲宿舍的门。打开一看，是安静。

他脸上有一向的拘谨，他递给自己一个鞋盒，说，是爸爸让我带来的。

安宁一下子没想明白，该不该让他进屋里来坐坐，也不知道他愿不愿意。

安静把盒盖打开了一下，说，范思哲的，挺好看的，去北京演出可以穿。

他没去接那个盒子，因为他不太相信是爸爸给的。但看安静的样子，又好像是真的。

安静见安宁没接过盒子，就走进门，把它搁在门旁的书架上。这鞋子是他上周在顶楼的贮藏室里发现的。他昨晚想了好久，决定把它悄悄带来。

安静进了房间后，脸上的拘谨现在换成了尴尬，他嘟哝，不好意思，我妈昨天说你的话。

他腼腆的样子，让安宁心里那根刺又动了一下。安宁说，她没这么说，真的，她说她以前不认识我，现在是认识了。

安静眼睛里闪了一下，他想，也可能是妈妈故意向自己夸大其辞，以证明她有多厉害，而其实她并没说出口。

他环视了一下安宁的房间，说，那好，我先走了。

安静走了。

安宁想着他刚才斯文的样子，那局促的主动，尴尬里的从容底子，那种单纯的福分，尤其是他身后那片被遮蔽的笛音。

是的，他什么都让自己失落。

他把脸贴在桌上。他觉得，阳光就像单纯，是需要成本的。一无所有者才费心思，才想得那么多。而人一想多，就不阳光了，那个人才阳光。他看到了这一点，对自己有深深的厌倦。

他在心里想着那片笛声，他还想起钟海潮那天晚上来过这里。他想，我怎么成了别人的棋子，傻死了。

他在心里对那片笛声说，不好意思。

爱音交响乐队前往北京的那天一大早，乐手们就大箱小箱地集中在乐团大楼前，等着团里的车送他们去火车站。

钟海潮站在大门口，与几位前来送行的学生拥抱，学生们带来了鲜花、零食。钟海潮的笑声在清晨的薄雾中传得很远。

安宁拖着行李箱出来，他穿着一件半长的风衣，举手投足有主要演员的风采。

传达室的丽丽姨在跟张丰收交流：你看，安宁不错，已经像台柱了。台柱就是台柱，我这双眼睛看得出来。

张丰收透过窗玻璃看过去，小伙子确实很精神，此刻站在那棵雪松前，晨曦映着他的侧影，那凝神的样子好像在听风中的讯息。

张丰收点头说，如果在北京演出能被关注，那就成了。

但此刻，被关注的可不是他，而是大门口的钟海潮，因为早报、晚报的记者刚刚赶到，他们在给他拍照，随后他们站在他身边开始采访。他们在问：南方民乐融入交响乐，这会是本团的特色吗？钟海潮含笑瞅着这两位年轻的媒体人，他们都是他的朋友，他邀请他们来为晋京演出做前期的热身报道。钟海潮笑道：现在很难说特色，但对本团来说，是一次重要的实验。我这次带去《飞雁》，就是想听听关于融合的反馈……

丽丽姨和钟海潮是同一年进团的演员，丽丽姨早转岗了，她对张丰收说，海潮不容易，蛮励志的。

安宁没注意那边在做采访，他的视线被正从人才公寓出来的几个人牵引。他们是蔚蓝、安静，以及箫胡夏、崔越。

蔚蓝、箫胡夏将随钟海潮作为民乐队的代表赴京演出。安静、崔越此刻在帮他们抬乐器箱。

蔚蓝穿着蓝色的毛衣，晨风吹扬着她的头发，她没在意它们乱了，因为她回过头去，停住了脚步，把手放在安静在推的箱子上。他们一起推行，往这里走，像一对姐弟。

安宁遏制着脑袋里立马涌上来的"嗡嗡"之声。他转过头，去看钟海潮那边的采访，现在钟的身边站着团长张新星，记者在采访他。

安宁看了一会儿后，回转头，看见蔚蓝、安静他们已经站在自己的身边了。蔚蓝正把手里的一个塑料袋递给安静，说，刚才去买来的大饼油条，你吃吗？安静看了一眼正转过头来的安宁，推开袋子，说，哦，不吃了，我等会儿去吃食堂里的稀饭。

蔚蓝瞥见了安宁闪烁的眼神，她把头扭开，装作没看见。她对安静说，那你赶紧去吃吧。安静笑了笑，愣乎乎地说，不急，你们走了再去。蔚蓝心想，你待在这儿干吗？因为她看见那边的记者好像问到了一个什么有趣的问题，那边的人都笑了，民乐队长钟海潮在向安宁招手喊道：安宁，过来，他们问你呢。安宁向那边挥手，说，我算了算了。他站着没动。他突然向安静走了两步，把一只脚伸向前，说，安静，你看看，还好吗？

他脚上是一双暗红色的新皮鞋，在晨光中，闪烁着精致的珠光。

安静没想到他叫自己安静，这团里没人这么叫他，那是他小时候的叫法。他先一愣，然后有些腼腆地笑了一下，说，蛮好。

箫胡夏、崔越则叫起来，哗，这么炫。

他们俯身去看，哇，是范思哲。

这边驾驶员叫大家上车。于是一群人马上了大客车。安宁在临窗的座位上坐下来。他回头看见蔚蓝远远地坐在最后一排。他下意识地看窗外，车下除了送行的方书记、办公室主任赵亮外，没有别人。安宁侧转脸，没看见那个弟。他怎么一下子没影了？

他欠起身，往车身的另一侧张望，也没人影。

有一种隐约的焦躁在身上流动，从手臂上一下子滑行到了胸前。他一抬头，突然发现安静原来在传达室里。透过玻璃窗可以看到他正拿着一张刚刚送到的报纸，站在那里浏览。玻璃窗反射着朝阳，使屋子里显得阴暗，但可以看到他已经沉浸在那张纸的字里行间了。

从这边望过去，安宁看着他一动不动。报上有什么？这人在想什么？他腼腆地笑着从身边走过去的时候，你永远不知道他在想什么。那些与他有关的愁绪仿佛这早晨的雾气正在消失，安宁这么看过去，心里突然充满了怜悯。他在想那片笛音。它们在虚空中飘飞，从前座正在朗声而笑的钟海潮他们的头顶上方飘过来，空灵地穿越无数耳畔。安宁看着那个报读人被玻璃反光掩映着的身影，一种寂寥在这欢快出行的早晨暗自蔓延。那人自己可能都不知道，但安宁看到了它，犹如看到了某种作为常态的灵光际遇，原本以为它与自己无关，但恰恰不是。安宁突然看见那个弟弟抬起头看着他。原来汽车发动了。他赶紧对那边点了一下头。

汽车一下子转弯，驶过了传达室。这刹那安宁清晰地看见，这个弟弟又低头沉浸于那张报纸中。

音乐会几种开法

九、迷音

她正在推开玻璃门，回头看他落魄失神的脸，突然有些怜悯，她又不是傻瓜。当一个人喜欢另一个人的时候，又有什么办法？

在所有媒体的报道中，爱音乐团在国家大剧院的演出"惊艳""清新""有风格""全能"，引来了"如潮掌声"。

而在安宁实际的感受中，整台演出都有点紧，节奏不由自主地赶。太想华丽，就会用力过猛，无论是乐队还是自己，那些音符一个个被抛到空中，质地稍硬，像北方干燥的空气，少了水灵。

安宁更多的感觉还是忐忑，但这与舞台无关，而与蔚蓝的脸色有关。因为她基本上都别转脸，对他不理不睬。

前往北京的高铁上，她已是这副样子，到达后的走台、排练，依然如此。那脸色告诉他，她生气着呢，不想说，不想看见。

与脸色一样，排练时，当他的长笛与《飞雁》中的曲笛、古筝、箫的乐音相依相绕时，他甚至从筝音中，听到了她的回避。他不知别人听没听出来，但他听到了。他看着她的背影，仿佛看到了那些音符从她的肩膀上升起来，像水浪一样向两侧分开去，留下一条空道，让他的长笛之音独自穿行。

正式演出时，情况好了一点，看得出她在尽力让音符滞留，让长笛赶上来，随后在空中相遇，回旋，很勉力。就像演员演对手戏，有一点点情绪都没法演下去，能这样，已是本次北京之行最近的距离。这种吃力，甚至让安宁产生错觉，仿佛她才是《飞雁》中自己去伴奏的主角，而不是独奏者钟海潮。

演出结束后，乐团请来的各家京城媒体记者上来采访，闪光灯亮成一片。按规定，主要独奏演员需留下来接受访谈。

安宁看着蔚蓝退向后台的背影，不由自主地跟上去。这时团长张新星拉了他一下，指着一个扛摄像机的，笑道，电视台需要出镜，你就对着镜头吹一段吧。

他对着镜头笑着点了点头，微侧过左脸，横起长笛，吹起来，他知道这个角度较好看。

记者显然也发现了他这样子上镜，就绕着他不停地拍。在空舞台的灯光下，他站了很久很久，漫长得仿佛一个世纪。终于结束了，他快步走向后台化妆间。团长张新星向他摇手，指着那边的几位文字记者，问他是不是还想和他们聊一下。

他看见钟海潮正坐在他们面前，拿着笛子一边比画，一边在说。安宁对团长轻声说，算了吧，不知怎么回事我头有点痛，潮哥说一样。

多数演奏员已经收拾停当，出门上车了，所以他在化妆间没看见蔚蓝。后来在车上，他依然没看见她。清点人数时，听见同事在说，她去中央音乐学院找一个老同学，那同学艺校毕业后考进中央音乐学院深造，现在那里读研究生。

车上还少了团长张新星和钟海潮，他们还在剧场里接受记者专访。

安宁回到宾馆房间，回想着刚才的演出，竟像做了一场梦。他对同宿舍的小提琴手王浩说，好像很壮观，但哪里壮观了，是天花板更高，还是天幕上像星光的灯盏，还是门前巨大的水池？而演出本身，就像打仗一样，冲啊。他们都笑了，知道话里的意思，节奏有点失控，好吧，以后有机会再来。

像许多次演出完成后一样，有同事进来拉他们一起去宵夜，王浩跟着去了，安宁说头有点痛，想休息一下。

安宁靠在床上，真的睡了过去，直到钟海潮来敲他的房门。

他开门，钟海潮迎面给他一个拥抱，哈哈笑道：小子，成功了，我们成功了。

钟海潮说今晚来了十四拨记者，知道吗，十四拨！也就是十四家报刊媒体，还不包括电视台。

在房间昏黄的灯光下，钟海潮额头闪着兴奋的光彩，这让他看起来相貌堂堂，有人到中年的魅力。他压低嗓门，对安宁说，小子啊，演出不是最重要的，重要的是这些报道，你算一算，剧场里最多才能坐几人，几千？而看到报道的人又有多少，上万？上百万？从北京到我们省城，尤其是从北京再转回省城，所以它们说成功就成功，巨大成功。

他站起来，哈哈笑。他这么一说，安宁心里也轻松了一些，是啊，看现场的又有多少人，他们请来的记者吹得好，也就算好。

安宁对刚才演出时的节奏失控释然了不少。

老钟说，今天你吹得不错，今天所有的人都干得不错。走，我们去喝一杯。

他拖着安宁去喝夜老酒。安宁刚才已打了一个盹，现在头脑清醒了不少。他一边想着蔚蓝回来了吗，一边跟着老钟出了门。

他们打车到簋街，找了一家人气旺的，花家怡园，点了菜和酒，就喝起来。钟海潮本来酒量就好，加上演出、采访后兴奋，基本上都是他一人在喝，喝着喝着，他就醉意涌上来，自个儿乐着，然后就醉了。安宁嗯嗯地应付着迷糊了的老钟，眼睛看着夜晚的那些陌生面孔，心里在模糊地想事。其实他也搞不清具体在想什么，反正心里有隐约的负重。这么一走神，时间就到了晚上十一点多，周围的客人在少下去，而对面的钟海潮突然泪流满面了。你怎么了？安宁小声问。他呜咽道，你知道吗，今天老子在台上吹着吹着心里突然发抖了，你知道吗，我一抬眼就看见老爷子伊方在对面的观众席里坐着呢，活见鬼了，真的，我就想起来了，我怎么就没把老爷子的东西带过来，老爷子最喜欢我了，你知道吗，在我那一班同学中他最喜欢我了，这一点我知道，我怎么就没把他的东西带过来，好歹也算让他老爷子来北京演过了。当年他走的时候，我绝对在心里起誓要把他带到北京去。如果他在世的时候不这么隐，他不知会有多大的声名，他死的时候，我心里绝对起誓。我这次怎么就忘记了。你这小子，我刚才在台上吹着吹着就想着这个了，你没发现我的音准有什么问题吗？

　　安宁看着他纵横的泪水和被酒精弄迷糊了的脸，感受到了他隐匿的悲哀。他想到了《水月》，伊方的那首《水月》，那些被遮蔽了的空灵之音。他把纸巾递给钟海潮。钟海潮没接，他把头埋在了桌上，发出了水牛一般的嗡嗡声。如果你把头凑过去，你甚至听到了他在哼着伊方作品的片段，其间还穿插着他无法遏制的忧愁。他喃呢如果老爷子那时候知道自己日后把他的作品带进北京这么高级的剧场里，他不知会对自己有多少好……

　　他像个小孩一样呜咽。一位服务员走过来，安宁不好意思地对她说，醉了，要不给他一杯茶？

　　服务员看着这个不知所措的帅哥，笑着安慰他：没事，常有这样的事，歇一会儿，等他静下来，叫车送他回去睡觉吧。

　　明晃晃的灯光照耀着那些仿制的绿色植物，在都市夜晚场所妩媚的表情下，安宁皱着眉头，看这个倔强、强势的中年人正在迷蒙中苦涩着，并发现他飞快地生疏起来。他此刻"嗡嗡"的声音里，居然有竹笛演奏的节奏，即使在昏昏然之际，音准似乎比刚才他在台上吹得还好一些。

安宁对着他的耳朵嘀咕，好啦好啦好啦，谁叫你醒着的时候不带他来，现在倒想带他来了。你不带他来，也就没带他来。

他相信只有自己和钟海潮才知道这"他"与"他"是谁。

钟海潮烂醉如泥，压根儿听不清安宁的言语。

一位男服务员和安宁扶着钟海潮到店门外，拦了辆出租车，回到了乐团下榻的宾馆。

安顿好喝醉了的钟海潮，安宁赶紧下楼，来到一楼大厅。

大厅里人影稀疏，西侧的玻璃房是一家星巴克，此刻还没打烊，一排橘黄的吊灯照耀着深夜咖啡馆特有的温馨。他推开玻璃门进去，咖啡芬香扑鼻。他看见蔚蓝坐在小圆桌台的高脚椅上，面前摆着一杯星冰乐。

刚才扶钟海潮回来时，安宁就看见她坐在这里，挨着落地玻璃墙的桌台，在看手机。

现在她还坐在这里，依然看着手机。手机搁在台上，她的一根手指在屏幕上划动。

安宁叫了她一声：蔚蓝。

她抬头见是他，微皱了一下眉，低头继续看手机。

你还没睡？

她没响。她的手指飞快地动着，是在发微信。

他在她身旁另一张高脚椅上坐下来，瞅着她。

她没抬头，因为她正与人微信互动着。他瞟了一眼她那只手机，她在发图片。

你好像不高兴？

没。

她短促地回了一句，灵巧的手指依然在点着手机屏。他瞧着她的淡漠，就说，是不高兴了。

她没抬头，嘟哝道：我干吗不高兴，我在用这里的Wi-Fi。

你在发图？

她似无暇言语。他听见微信来回时的响音。隔了快半分钟，她终于说了一句：发大剧院的演出照。

安宁忍受着她的情绪。他知道它大致的因由。从这四面玻璃的星巴克望出去，前方是空寂的宾馆大厅，而左边是夜色中的大街，街灯照耀着此刻空寂的路面，这一夜好像很漫长。安宁让自己的脸上浮起不在意的微笑，说，呵，是传给你家里的人看吧。

给没能来这里演出的人看。她说。

他猜定了她话里的意思，尤其是今晚她以冷淡的语调、冷漠的脸色在刺他，于是心里就涌上来那种熟悉的焦虑，每当它来临，脑袋里就"嗡"地蒙了。

他被憋在那里了。他原本想说，他不能来北京，关我什么事？是你们民乐队队长不想让他来呀。

但他没说。因为现在说这些太傻。之前自己已经有些傻了，像一颗棋子被搅进来，被人窥视、猜测着心机。他想起了钟海潮刚才的哭泣。这个晚上宛若梦境，三个小时前国家大剧院华灯怒放的场景已十分遥远，而心烦意乱则近在眼前。

他说，你这两天都在不高兴。

她依然盯着手机，说，我对小心眼都不高兴。

他说，如果你要这么想，我也没办法，只是你不高兴的时候，我也在难过。

她抬起头来，看了他一眼，然后把目光落在那杯星冰乐上，告诉他本来安静能不能来北京不关她的事，但现在她感觉不舒服，是因为她觉得这事与她有关了。她说，我知道你怎么在猜疑我和他，所以你让我觉得对不起他，你知道吗，他原本像个小孩一样盼着跟大家来这里，你知道吗，我们搞民乐的今后不太有这样的机会，他是我的老同学，最老实的，有点像"雨人"，你知道吗，才华和机遇会像水一样被流掉。我知道你心里在想什么，因为对我不爽，你把他从伴奏中去掉了……

安宁一迭声地说没，没有。而她没在听他，她脸上的从容是她惯常的表情，好像生来如此，这也是安宁平日里被深深吸引的地方。而现在，既然置身郁闷，她说话依然条理清晰。

她说，我和他没像你想象的那样。

他原本想为自己分辩，但嘴里却固执而可笑地说，你喜欢他。

她瞥了他一眼，嘴角有讥笑。她说，我自己都不知道，你居然比我还知道。

他说，我看得比你清楚，你喜欢他。

她脸红了一下，心想，我喜欢他关你什么事？

每当他的执拗、强势上来时，她发现自己和他其实挺像的，但她不喜欢他对自己这样，有点胡搅蛮缠。

没想到他却说，因为你们很像，我发现你们很像。

她轻呼了一声，怎么会，我和他像？

正说着，服务生过来告诉他们，对不起，要打烊了。

她和他站起身。他想打个圆场，说，我不想说这件事了，因为说不清，对不起，让你心烦了，你别烦了，就算是我的小心眼，你别再对我不高兴了，看着你不高兴，我也不会高兴到哪里去，我已经难过了好几天了，从来时的火车上已经开始了。

她正在推开玻璃门，回头看他落魄失神的脸，突然有些怜悯，她又不是傻瓜。当一个人喜欢另一个人的时候，又有什么办法？于是她说，你别想得那么多，别不开心，我对你说过我俩不搭，真的不搭，但我希望你开心，别为我烦，这几天其实我也在担心你，因为是那么重要的演出，但我好像管不住自己的情绪，不好意思。

她拉着玻璃门，让他出来。她说，其实今天演出前我还在犹豫，想是不是要对你说句话，不过你现场发挥得很好。

她对他笑了笑，然后轻摇了一下头，好像纳闷这事怎么成了麻线团。他们对着宾馆的大门站了一会儿，晚风吹动着道旁树，可以感觉到外面的清朗透气。他问她要不要去外面走一走，他自己要去走一走。

是的，他确实需要走一走，每天晚上他需要跑步，否则无法安眠，更何况像今天这样一个晚上。

他只是随口这么问她，没抱希望。没想到，她从从容容地看着他，说，好吧。

他们走在北京街头。他们的宾馆在五四大街，往前走，就到了王府井。白天的繁华地带，在这深夜时分像梦境的呈现。步行街上没几个人影，霓虹灯正在黯淡下去，两侧年代不同的商厦使街道显得比白天时狭窄，他们像穿行在自己的恍惚里。这样的漫步让拘谨、难堪松懈下来。这一辈子可能也就这一次在这个时辰走过这里，这么想甚至觉出了意义。他们一路往前走，一拐弯，远远地就看到了天安门。

他们决定去天安门看看。他们像不思归家的夜行者，在这祖国的中心地带漫游。到了天安门，蔚蓝拍了几张照片，这儿的寂静和空旷让他们停不下来，他们向前走，突然决定走到前面的国家大剧院就折回来。

四个小时前，他们还在那里演出，而现在他们又在向那里前行。他们发现，宾馆与大剧院其实距离并不算远，走着走着也就到了。

与演出前剧场外火树银花的景象不同，此刻这个巨大的球状建筑已沉入暗色，只有那片水池在夜色中闪烁着波光。

他们在水池边坐一会。最近这三个月来，这里是他们每天的幻想之地，而现在它就在他们的身后。那些幻想已像风一样吹过，就像刚才他们在它里面发出的那些音波，现在它们已经飘去。感觉如何？这个晚上安宁已经许多次这样问自己了。说不出来太具象的感受，好像还行。他的脸庞折射着幽幽水光。她站起来，用手机给他拍了一张照，可惜光线太暗，脸有些黑。她说，等会儿传给你。

她又把手机递过来，让他给自己拍。她对着手机笑着，项间的丝巾在飘动。她后侧有一盏路灯，这使镜头里的她被一圈光芒笼罩。这是他这两天看到的她最好的笑容。可惜是她对着相机在笑。

她拿回手机，对着夜色水光中的国家大剧院拍了一张又一张，然后坐回他的身旁，开始低头发微信，传图片。

她侧脸沉静的神情，让他心里有酸楚。他听见自己又在对她说：你喜欢安静，我知道。

她没否认也没承认，他的执拗现在已不再使她烦了，或许是因为已经说开了。她突然问，为什么你觉得我和他像？

他支吾道，我说不上。

她说，不像，一点不像。

她扭转过脸来，看见了他脸上的顶真，心里突然想笑，就说，我和他从中学起就是同学，都学民乐，像正常，不像也正常，像了不一定代表什么，不像也未必不是朋友。

安宁心想，别装，看得出你有多喜欢他。

夜色中，看不清她是否在装，但感觉她还是挺从容的。她说，我也在区分，是喜欢，是欣赏，是放不下心，还是望尘莫及，它们是不是暗恋？

刚才这么一路走过来，使她觉得这已不再难说出口了。她就微笑道，呵，其实，真的哪有这么复杂，你想多了，而我其实没太多想，什么区分呀，如果需要区分的话，它就不是爱情。

为什么？

她没解释为什么。她在说的是节奏。她说她和安静节奏不同，节奏不同的人，不是同类项，不可以合并。

夜晚的风吹过来，有很深的凉意，但让头脑感觉清爽。她说，节奏是什么，节奏就是心跳频率，心跳不同的人，不可交集，这一点我知道的，可以激动，可以惦记，可以操心，甚至欣赏，但无法相依。

他想不到她还这么哲理。而她说着说着就有些混乱，其实，她也是在一边说一边明确自己在说啥。

他不知道她说的是真的呢，还是在假装，以宽慰他的猜疑。

他说，我喜欢你。

她没响。池水在身边闪着细密的波纹，他感觉她肩膀动了一下。他在心里说，就算你喜欢他，但我肯定我比他更喜欢你一百倍，一万倍。

她站起来，好像想回去了。她嘟哝着对不起。她对他说她理解他，就像理解她自己，就像她理解自己但无法喜爱自己……

他除了知道她的对不起，就不太明白她想表达的到底是什么意思了，也可能女孩都这样，她们讲感觉，但又讲不清感觉。

她拉了一下他的手，随后放掉，她看着他的忧愁，说，会过去的，会过去的。

她指着那片水域，说，就像演出，我们担心了那么久，不也过去了吗？

于是，他对着那片水域和这令他迷失的女孩，在心里劝自己：会过去的。

打车返回宾馆时，已经快2点钟了。

安宁原本以为这一夜将无法安眠，没想到居然迅速入睡，睁开眼睛时，已是早晨八点半。

他辨识了一下心里的情绪，经过这么一夜，胸口有些东西好像变得淡漠一些了，是的，好像硬了一些。只要不想她，不想忧愁本身，它就还好。他对自己说：会过去的。

"嘟"，手机响了一声，是微信消息通知。他拿过来一看，蔚蓝正把昨晚的照片发过来。他坐在水池边，似笑非笑，身后巨蛋似的大剧院影影绰绰。

手机上端的QQ信息在滚动。他点开QQ，静冥幽客在线，有信息传来：演出超好。

他回一个笑脸表情。

静冥幽客：喜欢莫扎特，给你点赞。

他估计这粉丝一大早通过互联网看到了昨晚演出的报道。

他就回：谢谢。

静冥幽客：如果你穿白色礼服独奏，会更显华丽。

他想我没有白色演出服，就回：我们乐队演出服都是黑的。

静冥幽客：呵呵，那是我希望，我比较花痴。

他回：呵呵，以后向团里建议。

静冥幽客：长笛上来的时候，很明亮，很炫。

他想下楼去吃早餐了，因为等会儿准备去附近的中国美术馆看看，下午乐队就将返回。他就敷衍了一句：阳光评价。

静冥幽客：是你演绎了阳光，让人愉悦。

他回：阳光？是白天不懂夜的黑。吃早餐去啦，88。

他走下楼梯的时候，觉得"白天不懂夜的黑"这句话回得很妙，比较适合他的状况。

安宁来到二楼自助餐厅，找了张靠窗的桌子。许多同事都已经吃过了，餐厅里人不多。

有一个女孩走过来，坐在了他的对面。他抬起头，不是团里的。

她把一杯黄瓜汁推向他，手有些颤，轻声问，要吗？

她穿着果绿色的薄绒衫，短发，有些局促地笑着。他认不出她是谁。她眨了一下眼睛，说，我没戴眼镜。

他想，这是谁呀，长得挺好看的。

她当然知道他没认出自己来，这让她好像有点得意，她说，有阳光。

他惊得张大了嘴，静冥幽客。你在这儿？

他知道是有这样追随乐队、乐手的粉丝，但自己还没红到这份上。他吃惊地看着她，发现她也在激动地看着自己。他突然感动了，因为他明白了她刚才QQ里的话，原来她昨晚还真的看了演出。

他说，谢谢你，谢谢你来捧场。他不由自主地站起来，向她欠了一下身。

她说，我昨天中午飞过来的。

那你怎么不找我，否则就不用买票了，我带你进来。

她听他这么说，高兴坏了。她说，没事，买票支持你们呗。

她这么冲动地赶来捧场，还是令他不安，他说，以后不要这样了，心意领了。

她像个小孩"咯咯"笑着，那身果绿在这装潢略显陈旧的餐厅里极为抢眼、清新。她已经安稳了情绪，言语也流畅起来。她说，来一趟很方便，这让我超开心的，值得的。

他问，你怎么知道我们住在这儿？

她眨了眨眼睛，小翘鼻有些逗。她说，我打听的呀，我有内线的呀，我从网上订了房，没那么麻烦。然后她捂嘴而笑，这算是追星吗？我都到这年纪才开始追星。

她这么说让他脸红了。他微微皱眉，笑着轻摇了一下头。他穿着白色T恤，清爽地衬着窗外早晨的阳光和临窗的一树绿叶。她说，昨晚演出很好。

他说，其实你不用打飞的赶过来，我们回去还将举办一场汇报演出。

她感觉到了他还在不安，就说，还好啦，本来最近也确实要来北京给公司办点事，你们今天下午回去，我明天上午走。

他听说她还要在北京办事，就问她是做什么工作的。

她笑着让他猜。

他猜了幼儿园老师、小学老师、音乐老师诸如此类，但统统猜错。那么是做什么的呢？

她说，电脑软件开发。

他"哟"了一声，说看不出来。这么理工科的专业，又是这么感性的女孩。

而她见他猜的都是活泼一族，就笑道，你把我往卡哇伊方向猜，那说明我还可以去骗小男生。

他说，你本来就是小女孩。

还小女孩呢。她把水果盆推到桌子中间，说，你不是说过吗，白纸一张是演不了白纸的，那小女孩也是演不了小女孩的，所以啊，我也老大不小了。

正说着，蔚蓝和几个女乐手出现在了餐厅门口。蔚蓝穿着一件灰色的长毛衣，挽着发，即使在妆容随意的早上，在餐厅行将收摊的杯盘之间，她优雅沉静的气质也是那么一览无余。安宁心里的忧愁又在飞快地升起来。于是他就去看坐在对面的静冥幽客，问她：你叫什么名字？

她说，许晴儿。

他轻晃了一下头。凝视她可以忽略那边的身影。他说，呵，名字跟人挺搭的。

她睁大了眼睛，脸上是搞笑表情，说，是不是你觉得我有点怪？

他眯起眼睛，向上仰脸，像在开玩笑说，一个人如果没有刻骨铭心的经历，他才会觉得别人怪。

她被彻底震晕，虽然一时半会儿也琢磨不清这话里的意思，但足够回味。她看到他眼圈周围迅速掠过红晕，接着像雾气弥散，划过眼角、脸庞，在他白色T恤外围形成一瞬间的气息，接着迅速散去。她相信自己看见了，他一掠而过的敏感。

她对着他笑，问他上午还有什么安排。

他说想去隔壁的美术馆看看。

她其实好想跟着去，可惜他没邀请。她就没好意思提。

他站起身说，我得先上楼收拾行李，你慢慢吃。

许晴儿站起来告别，告诉他等回去以后，她还会再来看他们的演出。

她卡通小圆脸上有冲动的喜爱表情，这让他有些感动。他伸开手臂说，好啊，拥抱一下。

于是他们拥抱了一下。他离开餐厅的时候，向那边的蔚蓝招了一下手。

音乐会几种开法

十、暗涌

这念头让他感觉搞笑、疯狂。他说，这是不可能的，你花钱也不可能让他们为我开独奏音乐会。

爱音乐团凯旋，一系列声浪接踵而至：汇报演出、专家学者座谈、交响乐队获三百万元"高雅音乐文化扶持基金"、启动"交响乐全省巡演"、媒体连续多天报道……爱音交响乐队的社会关注度被拉到一个高点。

而在乐团大楼内，谁都注意到了，与交响乐队的繁华相映的，是民乐队日趋边缘化的寂寥。

当然，谁也都注意到了民乐队长钟海潮像一个异数，他的照片和专访亮相于各地报刊，他的身影也频频出现在各类"高大上"的活动现场，他以音乐名流的身份进入公众视野。很快，他甚至把"名流"身份转化成资源吸聚力，借势为乐团拉来了一笔笔赞助，其中一家汽车品牌冠名"民乐进校园"活动，投资一百二十万。他甚至跻身企业家联谊会，鼓动一位擅长二胡的饮料业大佬组建了"民企民乐联盟"……

到这个时候，许多人甚至连安宁，都在怀疑先前自己的观念。是啊，机会转到有些人的身上，他就能盘活整个资源，他好，你也好啊，而有的人则是自成一体的逍遥一族。

那么你说，捧前者还是后者呢？晋京演出该去的到底是哪一位？如果一下子说不清了，那么这是否说明有些事很难说公平与不公平？

只是看着钟海潮的张扬而上，安宁有时会想起那天他在花家怡园的呜咽，但估计钟自己压根儿不记得这事了，本来就在半梦半醒的酒醉中，它顶多像一个影子潜伏在心底，而生活的节奏每天都会压倒它，催促人往前赶。

向葵放下报纸，她每天都在留意文艺动态，她留意这动态与儿子的关系。从安静少年宫童星时代起，她就在留意舞台上那盏灯照在谁的身上。

她对在露台上收拾花木的林重道说，你进来吧，那些花已经伺候得够好了，现在需要栽培的不是花，是人。

她把报纸递给走进屋来的林重道，让他好好看看。她说，看一看，读出点背后的东西。

林重道没读出什么，他发现向葵的脸色有些严峻，就觉得有些怪。他说，钟海潮？这"民乐的交响化"，他说得蛮有水平？

向葵捶着自己的膝盖，每年这个季节关节就酸痛。她"哼"了一声，说，水平不水平不重要，重要的是需要发声。有地方发声，大白话都成了水平，这年头街边随便拉个人他都能说出个道道来。

于是林重道就知道了，是她看不上这报道。他也知道这次儿子没去成北京与钟海潮有隐约的关系。他说，这个钟海潮最近见报率很高嘛，报上已经称他"著名演奏家"了。

他的话还没说完，就被向葵打断。她说，这就是去国家大剧院镀金的意义，能去不能去，独奏还是伴奏，意义重要着呢。

她点了点他手里的报纸，说，这也是发声的重要意义，在媒体上发声，就意味着话语权，话语权就是影响力，影响力就像滚雪球，越滚越大。

林重道感叹道，他吹得不如我们安静，但真的能干。

向葵沉浸在自己的逻辑中，她说，雪球都滚到他这边去了，别人就没得滚了，我这么说你明白吗？

林重道当然明白。而向葵怕他不明白，就掰着手指算给他听：这接下来省政府资助的爱音全省巡演，按国家大剧院演出的那个节目单，压根儿就没安静什么事。本来没事也就没事，有事了也不过就是伴奏，但乐队这么一圈十几个地市下来，就三四个月了。这三四个月安静闲着，他钟海潮这个民乐队长随交响乐队在外演出，民乐队留在家里的那些人基本上就无业状态。而等到那个"民乐进校园"开动，领衔的"音乐导师"是他钟海潮，其实也就是在校园里开音乐讲座，民乐队是他上课的现场音乐素材，这是哪门子演出啊，我们安静凭什么要为他耗进去，而且这一耗就是半年！

向葵把那张报纸从林重道手里拉过来，在空中挥了挥，说，安静现在是最好的年华，他有几个这样的半年？

林重道看着向葵，不知她有何打算。他知道向葵的性格，如果她没想好，是不会先把问题抛出来的。

果然向葵淡淡地笑了一下，放缓语气说，不给我们舞台，我们自己创造舞台，都什么年代了，想堵人怎么行，想不让人有戏怎么行，我们自己搭，自己搭呗。

晚上安静从单位回来。吃罢晚饭，他对着山坡竹林吹了一会儿笛子，这是他每天的习惯。

依然是《水月》，在秋天傍晚的朗空中，旋律渐远渐近地回旋起来。吹着吹着，他感觉节奏有些紧了。他侧转脸，原来是妈妈在后面看着。平时练笛，只要妈妈在后面坐着，他就像又回到了童年学笛时代，小心翼翼，生怕出错，让她不高兴。

他放下笛子，想问她有什么事。

她说，安静，向你打听一下，如果在音乐厅办一场演出，场租要多少钱？

安静说，听他们讲，好像是一晚上七八万。

哦，这么说也不是太贵。向葵接着问，如果要请乐队伴奏，得多少钱？

安静觉得奇怪，她管这些干吗？他问，什么乐队呀？

就是你们民乐队呀。

安静问，是为几个节目伴奏呢，还是整一场？

她说，一场呢？

一场大概五万多吧。

还能便宜吗？

安静觉得有点搞笑，猜想可能是妈的什么朋友想办场演出，托她打听，而她就想给团里拉点业务来。

他说，也许行吧。

向葵笑了，说，其实也不算贵啊，一场演下来，场租加伴奏，十万块出点头，我相信场租费还可以打折的。

安静说，具体的我也不太清楚，妈，是有人想请我们乐队演出吗？

向葵了解这个儿子，他最怕烦心，所以先不跟他讲自己的构想。她笑着含糊地说，是啊，我先问问。

她把手里的一瓶酸奶放在他面前的石栏上，就下楼去了。

向葵下楼，坐在客厅的沙发里。她还在看那张报纸，想象这个场面：把音乐厅包下来，请民乐队伴奏，儿子站在乐队前，从开场就是独奏，《水月》《风语》《月迹》《竹风》……一首接一首，全是独奏。"安静独奏音乐会"。而台下，就像自己在教委工作时搞新闻发布活动一样，邀请各路记者，凭自己以前的那点人脉，这应该没问题。唉，这以前怎么没想到？"安静独奏音乐会"。我们自己搭台，自己来，为自己办一场个人音乐会。

她觉得这可行，并且，花费也就是十几万。这点钱，现在不花，什么时候花呀？安静这个年纪，需要包装，别人不给包装，咱自己上。他钟海潮不也是包装吗？他只不过是搭搭交响乐队的顺风车，他哪办过个人音乐会啊。这么说，咱得快了。

向葵越算越心急。她觉得这么简单的事，怎么别人就没这么计算过？花钱为自己搭台，这只是个起点，在起点阶段，哪怕花再多的钱也是值得的，只要有了这个台面上的事件，就有了记者们前来采访、宣传的点。至于具体宣传切入点，则多了去了，拍脑袋一想，就可以是"青年演奏家回馈社会""为民族雅乐寻找青年力量"等，多了去了，而且全部可以围绕安静本人做文章。

她想着钟海潮望尘莫及的样子，心里就更急切了一些。她想象着上次去团里为儿子打抱不平，心里的屈辱就更强烈了一些。她还想到了上次向许多父辈老战友相托而团里依然不给面子，心里再次被倔强充溢，她对自己说，儿子，咱们自己争气，争这一口气。

这么一想，那十几万块钱，简直是太便宜了，这么好算的账，别人怎么就没算？

她突然就觉得请民乐队伴奏还是太稀松平常，不够气派时尚，要不干脆请交响乐队吧。爱音交响乐队不正红着吗？只有用最红的去配安静，才能让人注意到他的重要，才能觉出他独奏的力量。这么一想，她急得站起来，她想去打听一下用大型交响乐队伴奏费用多少。

她上楼，透过三楼的玻璃窗，她看到外面的天色已经暗了。儿子吹笛的背影被映在夜色中，那笛音是她熟悉的，从他童年时代起就伴随在她的耳边。而更早一些的时候，是他父亲的笛声打动了她，让她陷入了一段情感纠结和父母亲对她的深深埋怨。她的这一生都与笛声缠绕，这是命中定数，她在心里对着那个背影喊了一声"宝贝"。她推开通往露台的门，没等他吹完就问，安静，请交响乐队伴奏，要多少钱？

安静回头说，不知道啊。

向葵问，十万够不够？

安静说，我没问过，估计够了。

向葵说，你明天去团里问一下。

向葵下了楼，来到一楼餐厅，她坐在那张楠木长桌前，这里昏黄的灯光能让她安稳一下激动着的情绪，并且让她文思泉涌。

她拿过纸笔，开始构思起来。她年轻时也是文学青年，即使后来做到省教育厅副厅长任上，也常有散文见诸报端。现在，她用笔勾勒着"安静独奏音乐会"的主旨、形式。越勾勒越觉得这事做晚了，其实早两三年就可以着手了，那时候自己还没退休，托人更容易一些。

她想象着安静站在浩大的交响乐队前面，不紧不慢地吹出《水月》的一个个音符，随后乐队的旋律像水渐渐漫上来，浸润内心的深处。音乐会的题目就叫"心乐"吧。

她在纸上写下"心乐""心·乐"，她想象着乐队闪烁着光芒的小提琴、大提琴、管乐器、竖琴，它们映衬着儿子手里的那支笛子。笛子泛着青紫光泽，音色空灵，是当年伊方老师留给他的礼物。她想象着它所发出的音符像领飞的鸟雀，带着身后起伏的音浪，回旋在音乐厅海星造型的天花板上。

向葵在纸上画着"安静独奏音乐会"的意象。画着画着，就感觉这音乐厅的天花板还是太低闷，格局不够辽远。向葵发现音乐厅的空间配不上她所需要的气势。她想，要不干脆移师新落成的省立大剧院——"红色大厅"。上个月柏林爱乐受邀为"红色大厅"落成首演，那场地气派非凡。

那么，"红色大厅"的场租费又是多少呢？

算它十万吧。加上交响乐队十万元伴奏，那么就是二十万。再加上杂费，算它二十五万吧。够了吗？要不算它三十万。

这么算下去，"安静独奏音乐会"的场景变得无比绚丽起来，费用也升上来。而在向葵此刻的心里，只要对儿子有用，它就在可承受、应该承受、必须承受的范围内。她想，要让别人暂时无法复制，那么就必须贵，贵到让别人比如钟海潮没劲再办了，这就有了意义。否则小打小闹一场，钱也花了，但意义不大，所以应该一步到位，钱也得一步到位。

这么想，这三十万也是便宜的。如果别人也是这么算的话，那么别人也会拿出这钱来。因为起步对一个新秀来说实在太重要了，造这个势太重要了，有了这个势，才会有眼球经济，后面的路子就好走下去。不是说有歌星倾家荡产砸音乐榜吗，一旦一首歌红了，就全有了，甚至一次出场费就全收回来了。

安静从小到大，从音乐学校附小、附中再到大学，这一路还算顺溜，读书没花太多钱。而有的小孩从小择校，一次择校费就要十几万。这点钱当初没花，如今用在他身上，也不算冤，甚至可以说是正当时，因为择校什么的对于小孩来说毕竟还有点盲目，而现在到他这个年纪做这点投资，是必需的，算得上是完全理性。

这么算下来，心情明朗。她在纸上画着"红色大厅"透着红丝绒般光泽的剧场，像海浪一样起伏的吊顶，金色的廊柱，黑色的舞台，鲜红的座椅……三十万？她甚至觉得，这点钱可能还是压不住别人追赶的脚步。

向葵这是第三次上楼。安静已经从露台回到了他的书房。他坐在电脑前，正在豆瓣上看网友对电影《变形金刚4》的评论。

安静见妈妈又进来了，就猜定确实是有人托她请乐团去演出。对于乐团的具体事务，安静一直离得比较远，他想要不等会儿问一下蔚蓝，她应该知道交响乐队的出场费。

向葵问，安静，这接下来的几个月你没有什么演出吧？

妈妈脸上的严肃让他紧张，好像有什么天大的事他没注意到，没用心，而需要她提醒了。她这么留意自己的工作越来越让他心烦。

向葵没等他说有还是没有，就说，我们有自己的事要做了。

安静一边看电脑，一边问，什么事要做？

向葵说，安静，你想办一场自己的音乐会吗？

安静没反应过来。他的表情让向葵觉得这儿子太单纯，太没心机。

果然安静说，干吗要办自己的音乐会？

向葵拍了拍他的肩，说，搞音乐的人，没有谁不想开一场自己的音乐会吧？

安静不明白妈妈在说什么，他就没回答。

向葵说，我想了好几天了，我们得自己张罗一场音乐会，靠自己的力量为自己小结一下，平时努力了，是时候展示一下自己了，也是时候对自己的技艺做小结了。

安静有些明白过来，他想到了刚才妈妈打探的那些价钱。他说，你不会是想让我们团为我开个音乐会吧？

这念头让他感觉搞笑、疯狂。他说，这是不可能的，你花钱也不可能让他们为我开独奏音乐会。

向葵嘴角隐含着嘲讽的笑意，她说，未必，我看未必，我们自己包剧场，我们自己出钱请乐队伴奏，完全是商业化的，不求他们陪衬。是我们花钱买服务，我相信它符合逻辑。

安静觉得这念头疯狂。他说，有病啊，人家没让你独奏，你就自己开办独奏音乐会，这怪不怪啊，这也太怪了，人家觉得你有趣死了。

向葵看着儿子的脸，说，人家觉得钟海潮有趣死了吗？人家怎么想，我们哪管得上啊。你如果按人家怎么想去生活，你就是人家。安静，人家是没这个条件，我们得自己顶自己了，你懂吗？你今年二十五岁，你这个二十五岁过了，就再也没有二十五岁了，这个时候不冲一冲，什么时候冲？

母亲的主观让安静心里不快，他说，我可没按人家怎么想生活，你才按人家怎么想在做事呢，妈，什么事都有自己的节奏，干吗这么急？

向葵说，按你那个节奏，你被别人挤到稀巴烂时，你还没等到自己的节奏。这年头人都变得很计较，哪有什么机会给别人，更何况像你这样的笨小孩。也只有爸爸妈妈挺着你，我们作为过来人看得明白，机会有多少，又有多少人在生夺活抢，你有才华就拖死你，生怕你出来，你出来就显示出了他自己的平庸。

安静不想和她妈争，每次都争不过她，他说，不许你和我们团去谈，我不想开这个音乐会，也太搞笑了。

向葵知道这儿子从小听话，她不和他争了，她说，好啦，好啦，我们也不可能一天之间就办成音乐会，多想想总不会错，盘算一下可行性总是可以的，心里有梦想，总是好的。

安静听他妈这么一说，心就松下来了，这也是他的个性，只要不是眼前的事，他能拖就拖，包括心烦及忧愁。

音乐会几种开法

十一、独奏

安静脸红了一下，觉得自己是不太会说话，在她面前常这样。而她则认为他这么黏糊，自己都快成女汉子了。

妈妈下楼去了，安静看了一会儿豆瓣，又翻了一会儿书，然后快进浏览了伍迪·艾伦的《蓝色茉莉》……每天这个时候，在书房里东摸摸西摸摸，是他这一天里最惬意的时光。到十点钟，心里静下来了，能听见窗外竹风中夜鸟飞动的声音了，他摊开从文博阁抄来的古笛谱，拿起一支小小的骨笛，对着谱子琢磨起来。那呜呜的声音像隔着一层时光的风沙，在风沙的尽头是远古人追逐群鹿、晚霞满天的情景。

　　手机突然响了。平时这个点上，几乎没人找他。

　　今天找他的是许晴儿。她清亮的声音把他的耳朵一下子拉回到了当下。他还听到了楼下电视机里正在播报晚间新闻。许晴儿快人快语：安静，我们公司下星期天要搞一场新媒体产品展示会，你能帮我找几个人现场演奏一些背景音乐吗？

　　安静想，今天怎么了，都在张罗演出？

　　他说，民乐行吗？

　　她说，如果是室内乐更好。

　　他说，叫民乐队的人对我来说方便一点，交响乐队那边的人我不是太熟。

她好像这才想起他是民乐的，笑道，那好吧，由你定。

他问，曲目有什么要求吗？

她说，雅一点的。

他说，明白了。

她说，噢，最好有长笛。

他说，那不是民乐。

她说，但我感觉我们现场需要这个，特别搭。

他说，那好吧，我问问看，如果人家不来，那我也没办法。

她说，最好能吹宫崎骏的《天空之城》，那个调调和我们产品很搭调。

他轻笑了一声，说，问问吧。

放下电话，安静心里有些古怪的滋味。妈妈向葵已经向他摊牌了：这个晴儿有多好呀，就她了，你还想找怎么样的呢？你俩也算是青梅竹马了，两家人知根知底，我看就她了，你要主动点……

安静看许晴儿没心没肺的样子，估计她妈还没跟她挑明。或者挑明了，而她压根没当回事儿。她从小在国外读书，观念当然不同啦，说不准觉得大人们可笑着呢。

而她最近常向他打探交响乐队的动态，一会儿问爱音去北京住哪儿，一会儿问汇报演出的场次，这让他心情有些复杂，因为他知道她欣赏安宁在台上的风采。是啊，哪个女孩都会喜欢那样的帅哥，但那只是样子而已，她了解安宁吗？再说你是先认识我的呀。安静像个小孩，有点在乎她对谁好。也正因为对此在乎起来，他对安宁也开始有了评价。而先前由于彼此别扭，他遏制自己对这个哥哥作过多的判断。现在他对着桌上的骨笛，像是对着那个卡通面容的女孩说，他嘛，就是浮躁。

向葵走进了绿洋集团公司大楼。这是哥哥向洋的企业。向葵平时很少来这儿，她也搞不清楚哥哥的主打产业到底是什么，地产？外贸？运输？能源？好像都有一些，侧重点时常在变。

大厅中央的喷水池水声潺潺，朝南的阳光地带布置了浓密的绿植，层层叠叠的藤蔓、蝴蝶兰、芭蕉树，以及几株巨大的棕榈为这室内添了热带韵味。向葵的高跟鞋在大理石地面上发出清脆的声响。她想象着"安静独奏音乐会"像一阵风吹拂这座城市，而起点将是这里。这里很关键。

她走进了董事长办公室，开门见山对哥哥向洋说，安静想办一场独奏音乐会，想让你支持一下。

向洋没太明白，笑道，你们还在好这一口啊？

向葵对哥哥说，不是好这一口，而是饭碗问题，是把饭碗端好、端稳的问题。

向洋扬了扬眉，说，哎哟，饭碗？这年头哪种饭碗都比搞这些个酸津津的艺术靠谱，要不让安静跟着我干吧。

向葵知道他哥一向瞧不上文艺营生，安静小时候学音乐他就反对过，认为小男孩该去学武术练胆子，所以现在向葵也没太奇怪他会这么说。

向葵发现哥哥这一阵有点憔悴。他背后有一幅巨大的群马图，奔腾的声势在墙上铺展开来。他正在说，安静太文弱了，跟我去做几年生意，人就强悍了。我文化创意园那边有个项目，要不让他过来？

向葵嗤笑了一声，说，他可做不来生意，他只能做适合他的事。

向洋眼前就浮现出外甥斯文清秀的模样。他就转了个话题，笑道，独奏音乐会？好啊，安静要搞专场了，可见他吹笛子吹出了点名堂。

他原本是想夸一下的，没想到妹妹摇头说：正是还没有名堂，所以得用点强火了。

向葵脸上的焦虑是他熟悉的，这个妹妹从小就是急性子，后来当了教育厅的领导后，人变得更急了。向洋按了一下桌上的铃，让秘书进来给她倒茶，然后问向葵，怎么就突然想要搞个人专场了呢？

红色茶汤透着神秘的花香，是"滇红金芽"。向葵端起杯子，抿了一口，尽力让自己的语速慢下来，好让他听明白。她说，不是突然，而是早就应该了，我们以前没重视，结果孩子现在被人盖了。我说的是有人压制他的才华，压得悄无声息了……

她就把来龙去脉告诉了哥哥。向洋一听，觉得搞这个音乐专场完全正确，非常合理，你自己不出位，就没有位子给你，这和做生意一个道理，你自己不布局，没人会给你布局，很多时候你想按事情本来的节奏行事，结果还没等到事态成熟，就被竞争者冲乱了节奏，所以要想稳住你自己的节奏，你就先得控制住全场，而要控制住全场，你就得先上位。

他问，搞这么一场，需要多少钱？

向葵说，大概三十万吧。

向洋点点头，他在盘算。

其实无论贵否，他都要排一下性价比。而目前的性价比是一目了然的，你做得越早，性价比就越高，而等到阿狗阿猫人人都在操办独奏音乐会了，那就毫无意义了，所以快就是划算，也只有率先，才会被人关注，这和中国众多乐团和歌手赶着去欧洲"金色大厅"是一个道理。

于是他说，好吧，这是好事，我支持，不过财务上有点问题，因为公司还有其他的股东。这么一笔钱，虽也不算多，但去处得有个合理的说法才能入账，这和原先小公司由我一个人说了算是不一样了。

向洋犹犹豫豫的腔调，让向葵的脸色变得有些难看了。她想，生意人做久了，亲情就淡了，换了是别人家的兄弟姐妹，早就答应在先了，你说说你有多少个外甥，即使掏自己的腰包，也该先答应了，平时你要帮都没这样的机会，说真的，按正常理解，这还真是个机会。

　　向葵不喜欢这个哥已经有些年头了，在他还是小男生的时候一家人就觉得他有点鬼，脑袋里好像随时"噼里啪啦"地打算盘。甚至当他扬眉呵呵笑时，你都能听得见算盘珠子在他脑袋里的响声。现在他坐在那里，向葵就听到了他盘算的动静。这让她敏感，不舒服。当然也正是因为他会算，生意才越做越大，但不管怎么会算，安静是你的外甥，他一辈子会有几次这样的机会来求你？

　　这么想着，向葵已经站起来了，她不想听他的话了，她往外面走。她说，哦，是这样啊，那么我自己想办法。

　　向洋其实话还没讲完，妹妹的脸色让他手足无措了。他连忙起身说，我会想办法的。

　　向葵心想，也就二十几万块钱，还需要你把"想办法"挂在嘴上？什么意思啊，又不是没钱的人。她这么想着，嘴里说，不用想了，我也只是病急乱投医，你这儿不行，我拿自己养老的钱吧，反正这以后也是他的。

　　她已经走到了门外，她"嗒嗒嗒"地往前走，头也没回，但她知道他哥的头探出在办公室的门外，所以她说，以后留给他，还不如现在用在他身上，他不好，我活得再长有什么意义？

　　向洋了解这个妹妹的脾气，平日里一言不合的时候，她也是这样脸色微沉转身而去。从小她就任性，后来当了厅级干部，就习惯把在单位教训人的口气带到了自家生活里，但问题我又不是林重道，你一分钟都忍不住摆什么脸色啊？我又没说不帮，公司有公司的流程，钱什么时候来得容易？做生意的，再有钱也不是开银行，可以一句话就提取，没有这个道理。再说你家也不是没这三十万，即使你想让我出，那也得明白这对我不是个必须的义务，安静的事业是重要，但不是你一句话，我就非得照做，也感觉不到一点体谅，这也不是第一次了……

向葵走出电梯，绕过大厅绿植区的时候，那些藤藤蔓蔓让她觉得种得太密了，有一股阴湿之气。她穿过长长的、安静的大厅，突然有想哭的冲动。她抬头看了一眼晶莹透亮的水晶吊灯，说，有什么了不起的，妈自己出。

向葵开车去了文化厅。她走进了艺术处的办公室，找到了王燕妮。王燕妮是她的老部下、教育厅人事处长张伟业的夫人，原本是歌舞团的舞蹈演员，退出舞台后调到文化厅工作，虽然她明年也要退休了，但面容、身材也就四十来岁的样子。

像所有多时不见的女人，她俩在互夸了对方"没变，什么都没变"之后，交流了养身心得、理财方法，并开始叹息各自的心事。燕妮操心的是准儿媳和自己对不上眼，而向葵谈的则是儿子安静眼下要开创的大场面。

王燕妮认同向葵的构想，一迭声地说，对对对，我当过演员，太知道关键的时候，也就两三个台阶。

对这个我太有体会了。我跳白毛女一直是B角，整个人就一直在等，在状态明明比那个A好的日子里，还在等，她不下来，我只有等。她会用各种方式让自己不下来，这可以理解，但对我来说，别人为什么不理解我的好状态？

王燕妮抬起一条腿，向空中绷成一条直线，她抚摸着脚脖子，说，我老师说我这小腿线条最好看，你看看，现在还这么好。

向葵冲着那小腿，轻唤了一声：哶。

王燕妮说，我越来越好看的时候，有多少人嫉妒，那时候自己单纯，不懂事，就眼巴巴地等A角，心里像有一面小鼓在咚咚敲，但没办法，那时候的人哪能按自己的节奏啊，等鼓声一天天慢下来的时候，发现状态不那么好了，自己是知道的，慢慢就不想了，人也就老了。所以，人得生猛，该冲上去的时候得不顾一切，你们安静要争，不能让。现在和以前不一样了，那天我回了一趟歌舞团，如今那些小娘子一个个斗士一样，什么规则不规则的。安静这孩子没心眼，而我们过来人看得明白这一路是怎么回事。如今不折腾，就不要入这一行。依我看，你们下个月就可以开独奏音乐会了。

王燕妮的话像飞溅的火花，划亮了向葵脸上的焦虑。向葵说，正想托你找找关系，看认不认得"红色大厅"的头儿，想谈一下场租费，最好降一点下来。

其实在向葵来文化厅之前，已经摸过底了。王燕妮以前的舞蹈搭档汤凯思如今是"红色大厅"的总经理。歌舞界一般男女舞蹈搭档都是夫妻，但他俩是例外。

果然王燕妮脸上露出了笑容，她说，小思思啊，找小思思。

于是她一个电话过去：小思思，你那"红色大厅"怎么样啊，怎么没看到有什么重量级的演出啊，场子会凉的哦，喂，我哪是在给你上课啊，我都快退休的人了，时间过得好快啊，哪天聚聚吧，好的好的。喂，找你要你帮个忙了，就是我老公的领导的儿子想用你们的场地开个音乐会，场地费你收便宜一点。

王燕妮拿着电话脸上有妩媚的表情。向葵心想当过演员的都是这样，该风情的时候就风情，风情是他们的生活习惯啊。她听见燕妮还在说：人家是自费，什么，十五万？十五万打八折？十二万。哦，还能降点吗？让她自己过来谈谈？那好我请她马上过来，你一定得最便宜哦……她拿着电话，微笑地瞅着向葵，压低嗓子向那头介绍向厅长是何许人，自己的好友、教育界的老领导，当年名震中国教育界的"十分钟教案""后排男生现象"就是她提出的。

于是向葵去了省立大剧院"红色大厅"。新落成的"红色大厅"位于城北，远远望过去，它像一块粉红色的云朵漂浮在江畔。

她来到剧场侧二楼总经理办公室，汤凯思正在等她。他长着一张娃娃脸，身材高大挺拔，同样看不出年纪。向葵笑道，汤总可能不认识我，我是燕妮的老朋友，你们还在舞台上时，我可是你们的粉丝啊，你当年跳过大春。

汤凯思就哈哈笑起来，说，我最想演的可是穆仁智啊，因为反派有性格，动作难度大。

汤凯思伸手比了一下自己的身高，眼睛里有演员训练有素的流光溢彩。他说，可惜太高了，演不了。

这么一聊就轻松了。于是向葵说明来意。汤凯思说，知道知道，我们尽量优惠。

他说，七折，再抹掉零头，十万块好不好？这是我最大的权限了。

向葵低了一下头，她觉得凭良心说，这个价相对于如此富丽堂皇的"红色大厅"来说，确实是可以了，再砍下去会让对方为难。但想到了哥哥刚才犹豫的脸色，还想到最该出手的地方其实还不是这个场地费，她屏了一下气，抬头向他笑道，还能不能再照顾一点，这样的演出对孩子来说是圆一个梦。一个普通文艺青年能在新落成的"红色大厅"圆梦，无论这是对公众，还是对新落成的"红色大厅"来说，都是有意义的，这是"红色大厅"的大众情怀啊。"红色大厅"刚刚建成，作为一个舞台，如果有这种通往普通人的桥梁，那么我相信这就是最大的社会效益，最大的政治。我们的门票不准备卖，可以由你们免费送给市民，让他们走进"红色大厅"一睹为快，看一看这个艺术的新殿堂。

虽然汤凯思是舞蹈演员出身，但他听得明白这里面的逻辑和新闻点，这确实也是一个新场馆所需要的公众形象塑造因素。于是他沉吟了一下，拎起桌上的电话机，一边拨号，一边对向葵说，那么我跟书记商量一下。

她听见他在电话里与书记商量。最后，他们拍板，作为公益演出，场租费六万，门票由"红色大厅"向公众赠送。同时，"红色大厅"作为协办单位，这样道理上说得通，也是好事。

向葵欢天喜地回家。刚进家门，王燕妮电话就过来了，她说，听小思思说了，真牛，祝安静演出成功。

这个晚上向葵就陷在沙发里，她回想着自己和汤凯思谈话的每个细节，觉得非常缜密；她回想着王燕妮述说舞台往事的样子，觉得没白费自己对她先生张伟业这么多年的关照；她还想到了哥哥向洋那张不痛快的脸，不痛快的言语。唉，亲情有时候你靠近它反而会让自己痛起来……楼上天台的笛声在悠悠地响着，安静又在练习了。

这是个好孩子，那么纯，用了那么多年功，像绵羊一样等待着属于自己的春天。但外面的世界与笛声里的世界可不是同一个，如今这世界快得让谁都跟不上了，连开过来一辆公交车都是要挤的。好的，妈妈就帮你挤一把。其实，从你小时候起，妈妈就和你在一起跑，不是说不能输在起跑线上吗，我们从那时起就在一起跑了，现在再冲一下吧。

她决定先不告诉儿子这事的进展，等自己办到差不多了再告诉他也不迟。这孩子太敏感多虑，现在让他好好练笛，不被分心。

思绪像闪光的小鱼军团在向葵的脑海里奔涌，这一个夜晚变得炫目而兴奋起来。她感觉自己是开心的，因为"红色大厅"拿下来了。可见，什么事只要去做，就有戏，这是意志的胜利。她相信意志。

手机突然响了，是哥哥向洋的声音。

她遏制着自己升上来的不耐烦，说，怎么了？

向洋说，你听我说，别着急，这三十万我这边做账不方便，因为一下子没有匹配的项目把它放进去。但我们有一家合作公司，是做文化地产的，我请他们为安静专场冠名，"雅安房产之夜"，这样就解决了……

向葵打心底里透了一口气，这气原本已被憋到了某一个角落。她想，他确实会算，什么都要算，那就让他算呗，反正他支持上了安静就行了。

她对着那头说，好好好，但冠名不要做到广告上去，因为这场音乐会现在由"红色大厅"协办，是公益性质，否则场租费价码就不同了。

向洋说，这应该问题不大，那家公司这些年我没少给他们帮忙，冠名只不过是个说法，你还真以为他们要冠名了？

向葵笑了一声，说，那好，这样就没问题了，有这笔钱，演出可以做得像样一点了。

向洋的笑声也在传过来，他说，所以不要急嘛。

第二天下午，向葵出现在了爱音团长张新星的办公室里。

她温和地笑着说，张团长，你们巡演回来，我还没来祝贺呢，真是好评如潮啊。她环视着办公室，那种女领导的派头让团长有点发怵。这女人一开口，即使面前只是一个人，她好像也是在对全场说。在气场上自己处于下风。

他想，她又有什么事要来商榷了？

果然，她说，团长，有点事我想跟您商量一下。

张团长给她泡了一杯茶，心想但愿不是太缠人。

向葵今天穿了一件黑色长裙，高高瘦瘦若有所思的样子。她扶了一下自己的眼镜架，说，团长，我们想为团里出点力，为团里推一下年轻势力。我知道团里这阵太忙，没有力量、没有精力推安静这样的年轻人，我们自己推……

张团长打断她的话，因为他不爱听。他说，团里怎么就没有力量推年轻人了？团里会有安排的。你怎么就知道团里没时间没精力推新人了？

向葵才不管他飞上脸的懊恼之色，她压抑下心里的恼火，让自己含蓄地笑着，说，那么您给我讲讲你们这方面的安排。作为负责任的家长，我们把孩子交给你们，我们关心孩子的成长。你讲讲比如我们家安静，这一年有什么安排吗？青年发展计划有吗？我在教育厅的时候，对于青年教师是有这样的计划的。

张团长说，有啊，我们正在排呢。她像目光严厉的女教师，他感觉她在向自己追讨作业。

她没多追问下去，她说，有就好，而我知道，这接下来的半年，安静基本上没有什么正规演出。交响乐队巡演去了，民乐队长跟着去做"民乐的交响化"了，民乐队剩下来的那些人就闲散了……

张新星的目光有些躲闪。说真的，交响乐队从北京凯旋后，各种琐事缠身，自己连轴转，还真的没时间去想一下民乐那边的问题。

向葵温和地瞅着他，笑了笑。她伸手拿过茶柜上的水瓶，往张团长的杯子里加了点水。她说，呵，没事，我也只是问问，家长都是这样劳心的，不劳心的就不是家长，我想这是可以理解的，也可能我一直做教育工作，育人心态比较急。其实，我刚才说了，我们想依靠自己的力量来推一把孩子，也是为了给团里减负担。这么说吧，我们想给安静办一场"独奏音乐会"，钱我们自己出，场地自己找，票务什么的自己搞。

独奏音乐会？

张团长一愣，心想，原来是要办个人专场啊，那么你们就办呗，这又不用我同意，即使我不同意，你们要办我也没办法，现在连音乐学院大四的学生都在各种场地办小范围的专场。

他说，那你们就办吧，这是好事。

向葵仿佛看到了张团长的心里，她点着头说，是好事，推新人不仅需要团里的力量，也需要社会、家庭的合力，原本我们想自己动手做就行了，反正钱由我们自己出，但什么事情都是依靠组织才可以做得更完美。安静是这个乐团的人，如果他的这场独奏音乐会与这个团一点关系都没有，那就背离了办个人专场的初衷，也没体现团里对他的培养。

张团长点头，她说话找的那个点总是很高，让你无法逃脱。

她说，更何况，办这个专场，也需要团里的助力，这和歌手开个人演唱会放放伴奏带、单枪匹马演出不一样，民乐独奏如果想要有好的现场效果，就得有乐队伴奏。

张团长这才明白她要说什么了。

果然，她说，我们想请团里的交响乐队和民乐队担纲现场伴奏，前半场交响乐伴奏、后半场民乐伴奏，综合体现个人与团体的配合之美。

张团长心想，她说了这么久"高大上"的东西，原来是给我下套呀。于是他说，这有点麻烦，因为大乐队演出是需要劳务费的，虽然我们支持个人办专场，但动用乐队其他人排练、演出……

向葵坦荡地笑着，她端起杯子，看了一眼茶水，又放下，说，这我刚才已经说了，钱我们出，我们不仅自己解决场地费用，而且团里乐队的伴奏费用也都考虑进去了，这个张团长请你放心，我懂这个事理，我们不会增加团里的压力。我打听过了，交响乐队伴奏全场十二万，民乐队全场五六万，我各需要半场，但价钱我出全场好了，我出十七万，你看好不好，我们也尽力了。

她朗声笑起来，说，呵，这个费用你不要客气，就算是给乐团创造点演出收入吧，这么理解也行，呵呵，尽我们所能。

张团长吃惊地看着这个女人，她出手这么爽快让他吓了一跳。

但他又觉得有点不是味道，是什么他一下子又辨不出来。

她看他在犹豫，就知道并非完全是因为钱。于是她说，团里的年轻人，其实每一个都需要被告知他可以得到重视，但大型演出一年全团也没几场，轮得到独奏机会的没几个人，所以啊，张团长，这样各尽所能举办一些主题音乐会，让孩子们在他们年轻的时候有一次机会站到舞台中间去，这是好事情，这样的演出，就市场而言，不仅是文艺轻骑兵，而且对学音乐的孩子也是一个激励，我相信这里面有那么一点正能量的东西。

张新星看着她，觉得说的也对。其实乐团这两年在外面也接类似的活儿，比如为哪个单位的合唱队、音乐爱好者、文艺晚会担纲伴奏。如今遇到的是自己团里的员工，为什么反而不行了呢，这说不过去。再说，她这钱出得豪放，当然啦，我们也不可能这样收她的钱。

于是他点头说，好吧，我们安排一下。

他顺口问，那么你们准备放在哪儿演出呢？

她说："红色大厅"。

她清楚地看到了他吸了一口气的样子。

她说，你别担心钱，家长为小孩的前途，再省吃俭用也是值得的，我们尽力。

然后她站起来告辞，她走出门的时候，回头说，钱的问题，你别和我客气，否则我要不高兴的。唉，小孩子很小的时候，我们就这样，这辈子是为他过的。

张团长突然感触至深，甚至有了点感动，他想着安静清淡的样子，心里嘀咕，可怜天下父母心啊。

向葵高兴地走出了爱音乐团的大楼，她的脚步相当轻快。她在大门口遇到了安宁，她甚至还向他点了点头。

十七万，她来的时候就想定了，把钱砸到最该砸的地方去，这方面她一点不含糊，因为她盘算过了，这是本次独奏音乐会最值得、最需要砸的地方。搞定，不仅为了本次演出的伴奏，它还关涉到安静以后在团里的运势，更涉及堵别人的嘴，摆上桌面的价码能消解他者的失衡，让人认了：不是已经出钱了吗？

更何况，与其自家形单影只地办个人独奏音乐会，还不如拉爱音整个团来当绿叶，这样才有效，这样才突显安静的价值，让人感觉这是团里的行为，就具有更强的可信度，所以非拉它不可。

如果靠技艺、人脉、乖巧做不到这个，那么就靠钱吧。她这时对哥哥向洋充满了感谢。

向葵才走，民乐队长钟海潮就被叫进了团长办公室。

张新星虽然已经预计了钟海潮的反弹，但当他把"安静独奏音乐会"计划向钟海潮透露之后，对方的反应激烈程度超出了自己的想象。

钟海潮"哟"地叫起来，说，如果出得起钱的，可以办独奏音乐会，那么，那些出不起钱的孩子们会怎么样想，你这是昏头了吧？

他的话让张新星愣了一下，他想起来刚才向葵的一句什么话让自己感觉有点不是味道，但那是什么他一下子又辨不出来。原来是在这个点上呀。

但现在他可不会认这个理，因为钟海潮的咄咄逼人让他不舒服。虽然两人是童年时代的玩伴，但钟海潮最近常让张团长心烦：这小子总是搞不清领导和朋友的界线，他似乎永远不明白，既然两人在单位还有一层上下级关系，那么在具体事务上，尤其是场面上，领导总是有他需要承担的全局和他所需要做的平衡。你作为朋友，得比别人更多地体谅、隐忍才对，而不能总以好哥们的标准来要求对方仗义。

所以张新星说，是你昏头了吧，他要开独奏音乐会又怎么了？他压根不需要你允许，只要他家有钱他本人有意，今晚就可以去开办，干吗还要来问你的态度？都什么年代了？

钟海潮愣了一下，心想，这确实也是。

张新星重复道，都什么年代了？他有这个追求，他家有这个追求，把钱花在这里，总比花天酒地好吧，至少还有那么点理想主义。海潮啊，这也是为我们民乐培养观众、增强社会影响力在尽个人所能啊。

张新星笑了一声，再说，难道你说这不行，他就会觉得不行吗？他要办，你就开除他？

钟海潮脸涨得通红的样子，显得有点笨相。张团长想到了安静清淡斯文的脸，觉得那倒真是个好孩子，一直很乖，听话，不要事，不像他钟海潮这么难缠。

这么想着，张新星就对面前的钟海潮有点厌烦。他想，老哥也罩你这么多年了，你好像理所当然了，尤其是你最近在外面折腾，还真以为自己是大家名流了，在团里牛皮哄哄了，脾气越来越偏，而其实谁不知道呢，别说跟安静比了，你就连那几个小孩也不一定吹得过。

这么想着，他觉得需要敲打的是他钟海潮。

张新星说，人家可没自说自话，没只顾炒作自己，人家甚至还从心底里希望团里助力，这说明人家对这个团是有情感、有集体观念的，他妈妈还想办法给团里提供劳务费，十七万，你说，这怎么就昏头了？

钟海潮说，你可以这么说，但民乐团里比他资历深的也没开过"独奏音乐会"呀，率先给他开，这会有问题。

张新星反问：有什么问题？你倒是给我去挑挑看，还有谁比他吹得好？

钟海潮发现张新星目光炯炯地看着自己，他从不用这样的语气跟自己说话，这让他愣了。他听得明白张新星话里有所指，就脸红了，嘟哝：这么说，有钱的人就可以用团里的资源办个人专场，那么，那些出不起钱的呢，他们怎么办？

张新星笑了一声，什么观念呀，什么钱不钱的，这是市场行为，他用了团里的资源，付了钱，并且还愿意付得比市场价更多，这是想为团里多创造些收入。至于演出本身，是公益演出，推广民乐，向社会赠票。再说他本人的水平你也知道的，你说，这有什么问题？

钟海潮说这会混淆标准，刺激别人，不利于团队发展。

张新星心想，你自己这样四处炒作就不刺激他人了吗？这事还不是你自己引出来的？

于是他干笑了一声，说，那么大家就窝着吧，啥也不动，就和谐了？

钟海潮对这哥们苦笑道，我也没说窝着就好，为这些小鬼办独奏音乐会，我相信乐团以后一定会有安排的，这是迟早的事。

张新星也笑道，那么你这个队长说说看，轮到安静是不是要十年以后？

钟海潮也叫起来，这也太夸张了吧。

钟海潮被刺了一下的样子，是张新星此刻需要的。

张新星说，他可以等，但人家家长可不愿等。你想给人家画个圈，人家的圈比你画得还大，人家根本不需要你答不答应，人家包下了"红色大厅"，听着，这可是"红色大厅"落成后第一场中国人自己的演出。

钟海潮牙痛般的表情让张新星有宣泄的感觉。

"红色大厅"？钟海潮问，安静要去"红色大厅"开个人专场了？

对。张新星从桌前站起来，说自己要去开会了。他对钟海潮眨了一下眼睛，说，人家还记着事先来跟我们打声招呼，这已是顾着我们的面子了，你得这样理解！只有这样理解以后，人在这个年代才能想得通。

他和钟海潮一起往外走，他拍了拍这兄弟的背，仿佛在拍一只气鼓鼓的皮球，他说，就像你有时也让人想不通一样，这是正常的。

钟海潮麻木了一个下午的脸色。

于是，这个下午安静发现队长钟海潮对自己视若空气，沉着脸色，不知哪里不开心了。

安静还不知道他妈已来过团里了。这个下午他在找蔚蓝帮忙，也是演出的事。因为许晴儿打电话来催他了：喂，安静，给我们新媒体展示会演奏这事准备得怎么样了？

于是像上次一样，他把这事转到了蔚蓝的手里。

蔚蓝微微皱眉，笑道，你老让我做这样的事，别人还以为我成穴头了。你自己去约呗，他们也都是你的同事啊，再说，帮的是你家朋友的忙。

安静摇手道，你约你约，你这人比较负责任。

蔚蓝摇头，说，那可不是我的责任噢。

安静说，好好，演出费我那一份归你好了。

蔚蓝说，哟，怎么这么说话，算你有钱啊？

安静脸红了一下，觉得自己是不太会说话，在她面前常这样。

而她则认为他这么黏糊，自己都快成女汉子了。

蔚蓝找了陈肖、李倩倩、陈洁丽、张峰等几位民乐手。对这类私活，演员们大都乐意接，因为劳务费一般都还不错。

蔚蓝再一次去了安静的琴房，告诉他人都找好了。她问，对方需要哪几首曲目？

安静这才想起来还要找安宁，以及晴儿指定的那个节目，《天空之城》。

他说，还需要一个长笛，你再叫一下安宁吧。

蔚蓝瞅着坐在琴凳上的安静，她觉得这人可能需要的是一个保姆或者专职经纪人。她叫起来，这最后一个，你就自己去问问他吧。

蔚蓝看到了安静脸上的犹豫。她说，他还是你哥呢，你叫他他会去的。

安静低垂下眼皮说，我叫他，他可能就不去了，这我知道的。他清秀的脸带着一向的无辜。蔚蓝轻推了一把他的肩膀，说，好啦，我去问吧，喂，他们给每位多少劳务费啊？

果然他说不知道。

蔚蓝说，你这大宝宝，以后接这样的活儿，你先得跟别人讲清楚，我自己无所谓，但我们喊去的同事可不能让他们吃亏。

不会的，怎么可能。安静说着就掏出手机，打过去，喂，晴儿，你们的劳务费是多少？

许晴儿说，我还正想问你呢，我们以前没办过这个。

蔚蓝站在一旁，看他别扭的样子，甚至觉得难为他了。

安静用手捂住手机，轻声问蔚蓝，多少？

以前人家给你多少，你就说多少呗。蔚蓝心想。而他真的搞不清楚。他就把手机向她递过来，想让她说。她向后躲闪。她也不习惯谈价。她向他伸了一下手掌，意思五百。

于是安静说，五百块，好不好？

许晴儿说，每位都一样吗？

他说，一样的。

许晴儿说，知道了，喂，《天空之城》行吗？

安静说，行呀。

搁下手机，他才恍悟还不知道行不行呢，因为还没问过安宁。

他瞅着搁在桌上的竹笛，心想，用这个吹《天空之城》不也行吗？

他抬头的时候，发现蔚蓝已出了琴房，去找安宁了。

安宁没在排练厅。这个下午，安宁提前半小时下班，晚上有三个琴童等着他去做家教。

最近他又收了六个学生，连同以前的两位，共有八位了。

他喜欢做家教，因为他需要赚钱。团里每月开给自己的工资是四千元，如果当月有演出就会有些补贴，如果没有，就只有这点工资。而工资，自己还要匀出一部分寄给母亲。这样就不太够花了。这还只是每天在过当下的日子，压根还没去想以后结婚、买房的事。有时候走在马路边，抬头看那些公寓，他就不知道其中的哪一格将是自己的家，而这一格又需要花多少钱。

他手头窘迫，他不希望别人知道。但在演艺圈，俭朴不是生活的基本风格。他无法和别人比，省钱的办法就是尽量减少这个圈子的应酬。于是许多个夜晚要给琴童上课，成了他不参与应酬的理由。

他骑在自行车上，听到了手机响了。停下来，一看是蔚蓝的电话。自从北京之夜后，他和她相处比最局促的那一阵要坦然了一些。他在她的疏离中，克制着自己的意愿；而在自己的克制中，想让太过强烈的情感淡下去一些。目前他正处于这个阶段。再说他还无法确认蔚蓝是否真的如她所说没与安静相恋。于是，安宁让自己的情绪停顿着。也许，掌握不了事态的节奏时，停顿就是一个办法。不是真有这样的事吗，一旦缓下来，被依恋的一方反而会不习惯，会回头生出留恋。当然目前看来，她还没有。

这个电话是蔚蓝打过来的。她说，安宁，有个演出，想约你一起去，劳务费还行。

他说，好的，一起去。

她说，谢谢。

他说，谢谢你才对，让我赚钱。

放下电话，他继续骑车往城东赶，今晚的几位琴童都家住城东。如今他授课收费是每小时一百元。

他穿行在下班的晚高峰人流中。"谢谢你才对，让我赚钱"，他想着这话，觉得有些逗，但还真的没错。他想起了爸爸送的那双皮鞋，他总不能总穿这一双，虽然是名牌。自己星期天还得去买一双，可以换换。

音乐会几种开法

十二、市声

蔚蓝这就想起来难怪有些面熟，上次在北京宾馆早餐厅里见过这女孩，当时安宁和她在一起，自己还觉得奇怪，怎么这一大早安宁就有朋友过来看他？而女性的直觉是，那女孩对他有意思。

星期天上午九点半，安宁从学生家上完课出来，在枫港小区门口拦了半小时也没拦到一辆出租车。

他徒劳地向着大街招手，后来就开始往地铁站方向奔跑。握在手里的手机在"嘟嘟"地接收着蔚蓝的短信："展示会已经开始了"，"我们已经演了"，"你什么时候到？"

安宁回了一条过去：还没打到车呢。

他想，早知道这么赶，就不来上这堂课了。等他跑过两个路口，在靠近地铁站的凯莱大厦门前终于拦上一辆空车的时候，已经快十点半了。他气喘吁吁地对司机说，去国际会展中心，我有演出。

这边蔚蓝他们已经演奏了将近四十分钟。按原计划，该安宁上场吹《天空之城》和《我心永恒》作为过渡，然后民乐再继续上场。

左等右等，安宁还没到。民乐只有先歇下来。蔚蓝放下琴竹，从扬琴前站起身，对安静说，他怎么还没到呀？我去看看。

她起身往大门口走。星期天展会人潮涌动，她怕安宁一下子找不到演出区。

无数张年轻的脸，让这个新媒体产品展示会显出青春的色彩。一台台荧屏，悬挂空中，向四面八方传送炫目的光影；阅读器、穿戴式智能设备……各种别致的新品闪烁着糖果般清新的光泽。蔚蓝突然就看见安宁拎着笛盒正穿过人群而来。她向他招招手，他居然没看见。

她叫了他一声。他听见了，左右转着头。接着她看见另外有一个女孩也在叫他。他看见蔚蓝了，他向她不好意思地笑着，脸上一路赶来的焦急神色好像轻缓下来，在说，不好意思，迟到了。蔚蓝看见那个也在叫"安宁"的女孩短发、牛仔裙、小黑框眼镜，挺酷的。安宁也看见了那女孩，他睁大了眼睛，说，啊，你也在这里？

安宁一边跟着蔚蓝往演出区走，一边回头对静冥幽客说，你怎么知道我在这里有演出？

许晴儿笑道，你们从北京回来汇报演出的那几天，我刚去香港出差了，没看成。

安宁看见了蔚蓝扭过头来的一丝好奇，就马上介绍，这是我的听众、网友。然后他问蔚蓝，演出还来得及吗？真的不好意思，打不到车。

蔚蓝说，你再不来，就来不及了。

他们穿过前厅，往中心区域走，突然安宁就听见了悠扬的竹笛从人群中穿梭过来，然后盘旋到了这嘈杂之地的上空，贴着天花板萦绕，像突然升腾，越来越近的云雾。旋律是他昨天晚上还在练的《天空之城》，而用的是不同于自己的乐器。

安宁觉得血液都升到了头顶，留下虚空的脚不想走动。这感觉很奇怪。他看了一眼蔚蓝，没想到她也瞅着自己，说，他看你不来，就先吹上了。

然后她就"咯咯"笑起来，《天空之城》，他在顶场呢，亏他想得出来。

她笑的样子那么舒朗、生动，即使在这如织的人群中，也像闪光打到了他心里在喊停顿的地方。他听到那笛声正以一个极悠长的气息在丝丝缕缕地蔓延，就像他此刻不知所措的情绪。他嘟哝，那我还要不要吹《天空之城》了？

蔚蓝眉宇间有转瞬即逝的揶揄，她说，又不是正式演出，你再吹一遍也没事啊。

许晴儿拉着他的手臂，摇着说，当然要吹，我就是来听这个的。

安宁扭头对许晴儿笑道，又不是正式演出，赶场子的活。

他的意思是这样的演出只是搞搞气氛，要欣赏音乐可不该来这里。

许晴儿冲他古怪地笑道，赶场子？

安宁看着这粉丝的热切样，希望她走开自己去玩，因为蔚蓝在一旁，同时也怕辜负不起她仰视自己的心情，就先泼一点冷水过去，他说，是啊，赶场子就是赚money，我们其实很通俗的。

他没去看她的反应，因为这一刻他和蔚蓝突然听到了竹笛一声清越的长鸣，长长的气息像波浪一样起伏。他被揪到了这声音里去，他眼前掠过宫崎骏影片中空旷、虚幻的空间，被爱充溢的粉彩质感，迎面而至的是空灵的忧愁，一旁的蔚蓝也仿佛沉浸进去了，她微笑着看表演区那一边，侧脸上的丰富神情无法描摹，让他妒意涌生。他想，等会儿我还吹不吹这首？

透过人群，安宁看见了安静站在台上，今天他穿了白色的中装，左胸前绣着两片竹叶。安宁首先注意着那些音符，虽是竹笛，他处理起来，有自己的一套，感觉那些音被沾了空灵的水气，跳跃间很清晰地倒映着吹奏者心里的画面，悠远、逍遥，不在此处，有古风。吹奏者安静站在表演区，那神情有点落落寡欢，每当他沉浸时，他都是这副表情，在往来不息的人流前这样子因孤单而显得有些可怜。安宁看着他，不知为什么突然想哭。后来他想，也可能从那脸上瞥见了与自己相似的某种东西。安静吹出的那些音符，拼凑着变幻的画面，在他身后、头顶上方的虚空中呈现着。但安宁相信除了自己或者蔚蓝，没别人看见。

安宁就去看蔚蓝，她不见了。原来，她已站在表演区了。她向自己招手，让自己过去，准备上场。

安宁吹的是《我心依旧》。

与以往许多次赶场子的体会一样，站在这样的地方表演，没人是来特意欣赏的。演出，只是这场地需要搞出一些乐音来。而作为表演者，演着演着，就希望快快过去，因为不受关注，或者说，受不了这样大面积的漠视。

安宁与安静不同，他属于现场型乐手，他在意这个，这左右他的情绪。所以今天他一上台就感觉了孤单，和压不住台。

台下，除了那个特意来看自己的傻妞，很少人向自己投来一瞥。他吹着，感觉那曲调像一根面条在渐渐变冷、变硬，他知道自己无法投入心情，他想着刚才安静那低垂眼睛、自我入境的表情，依然无法进入"泰坦尼克"号行驶大西洋夕照中的那片水域。

不知许晴儿从哪里搬来了一张椅子，坐在正对表演区的地方，仰脸聆听。她小巧的脸看上去很严肃，仿佛倒是她率先沉入了水域。她身旁站着安静，他也在看着自己。安宁从没在他如此近距离的观察下表演过，于是他的视线就掠过安静的头顶，没与他相遇。安宁知道他会有哪些感受，就像自己的耳朵绝对不会错过瑕疵之音。这念头让安宁有些局促，倔强的感觉随即上来。于是那天的人们在十一点十五分十二秒时突然听到了一段飙上的华音，在怅惘地回旋。许多人回过头来，看到那个长笛手令人炫目地起劲吹着，这劲儿如此突兀，有人鼓掌，这带动了周围的掌声。

率先鼓掌的当然是女孩许晴儿。她对着台上喊，太棒了。

她喊，再来一个。

她说，《天空之城》。

蔚蓝向她摆手，说，谢谢，演出结束了。

她说，再演一个。她的神情让蔚蓝觉得是个小女孩在任性。

安静赶紧过来，对蔚蓝耳语，她是艺雅文化公司的老总许晴儿，就是她请我们演出的。

安宁本来就没走下台，他已经在吹了。因为刚才粉丝静冥幽客那么一叫，他就准备给她吹下《天空之城》，再说自己也迟到了，别的乐手演得多。

安宁吹起来，感觉有些飘忽不稳，脑子里居然是安静的调子。他下意识地瞄了一眼安静，他正在与蔚蓝耳语着什么。他就去看静冥幽客，这女孩正冲着自己微笑，只有粉丝才能让他尽快进入情境。

蔚蓝已经知道那女孩是谁了，她青春得令人刺目，坦荡、优越、张扬像徽章别在她的身上，那是来自于另一个阶层的女孩。蔚蓝注意到这女孩眉宇间丰富的神情在随长笛的旋律起伏，一边猜想她是喜欢日本动漫的一族，一边就去看台上的安宁。安宁对着那女孩在吹，双眉与眼睛在与她交流，有一种气流旋转在他们之间，仿佛这是他们两人的节目，他俩的场子。本来，现在这个时候，已到午餐时间，人流在迅速少下去，许多台展上的工作人员在吃盒饭，没几个人在听。安宁在吹，比刚才吹《我心依旧》时还要好一些。她看着他起伏的眉眼，《天空之城》，长笛的感觉比刚才安静的竹笛清澈，节奏快一些，而韵味倒还是安静特别一点，这应该不是今天先入为主了，而是这个当弟弟的真有这样的本事，曲子到他嘴边，统统变成了他自己的东西，好像他自己的呼吸。这么想着，她就听出了那长笛此刻有PK的味道，并且越来越浓郁起来。

她的直觉告诉他，该离这两兄弟远点。

安宁刚吹完，几位工作人员就端来一筐盒饭，请乐队的人先吃午饭。等一下十二点半，几位民乐手为下午场再演奏一个小片段，今天的活儿就结束了。

安宁把长笛收进笛盒，走下台，发现粉丝"静冥幽客"在远处向他挥了挥手，转身走开去了。

于是安宁和同事们一起坐在展厅的一角吃盒饭。安宁说，不好意思，今天迟到了。

蔚蓝把红烧肉夹出来，往安静的盒饭里放。她不吃这个，小时候就是这样。她说，没关系，今天请我们来的是安静的朋友，也是你的粉丝。

安宁没听明白这话的意思，因为他的注意力被二胡张峰带走了，张峰正在问安静，你要办个人独奏音乐会了？

没有啊？

张峰说，别谦虚了，我听见钟海潮在给别人打电话时说的，他说你要办专场了，在"红色大厅"。

安静一愣，心想，又是妈在乱折腾？

这是他惯常的思维，从小时就是这样，如果听说与自己有关的什么事，而自己不知道，那一定是妈瞒着自己在张罗，而且百分百是这样。这让他心烦。他对张峰说，哪会？我怎么可能办专场？

李倩倩、陈洁丽也被这个话题引过来了。他们说，哗，"红色大厅"，安静你也太牛了。

安静脸都红了，他说，不会不会，我可不知道这事。

张峰呵呵笑起来。因为都是年轻人，他口无遮拦了，他说，你们没看见钟队长这两天脸色一直沉着吗，郁闷着呢。

安静想到了钟师兄这两天的脸色，确实像张峰说的一样，还以为他家有什么事呢。安静还想到了妈妈前几天问过自己独奏会这事儿。于是他坐立不安，他想，有病啊，我说不想搞不想搞，她有病啊。

于是安静说，没这事，哪有啊。

张峰笑，别装啊，到时候还要我们去给你伴奏呢，你得请客，否则我们可不出力哦。

而陈洁丽问坐在身边的安宁，"红色大厅"，你进去过啊？我还没进去看过呢。

安宁有些发愣，不是因为他对安静要开个人专场没反应过来，而是太快地反应过来，他一下子就明白了，这个弟要搞一个盛大的独奏音乐会了，他有这个条件上，因为他有那个妈。

——自己爸爸的小三。

安静还在摆手，对这些同事说，哪里有啊，还"红色大厅"呢，我开什么专场，我不会开的。

"不好意思，盒饭太简单了点，不好吃吧？"有一个声音在对这一圈人说。

他们回头，看见刚才那个听《天空之城》的女孩正笑意吟吟地过来，她换了一身藏青色的套装，有爽利的职业韵味。她说，刚才副市长来视察，我被叫过去了，不好意思。

安静赶紧站起来，向大家介绍这是艺雅文化公司的老总许晴儿，今天的展会是她们公司办的。安静从一旁的饭筐里拿过来一盒饭，递给她说，一起吃吧。

许晴儿说，好啊。

她就坐下来，对着安宁。她向"长笛王子"眨了一下眼睛，神情有些调皮。

安宁虽然明白了这粉丝居然是这场展览的主办者，并且还是个什么公司的老总，但他的注意力不在这儿，管她是谁，或者不管她是谁，她都只是自己的粉丝，喜欢自己的音乐而已。他也没觉得这有多么了不起，因为与自己无关。此刻与他有关的是，安静居然要办个人独奏音乐会了。

当然，如果今天没这个让自己震惊的消息，他也会对此刻坐在面前的、正等着自己回应热情的静冥幽客报以一些惊讶和感动。她每次出现在自己面前，都这么判若两人，像一个游戏。

而此刻，他一边对她点头，说，"哦，想不到你搞应用软件，原来是办公司，算我有眼无珠，还以为是工程师呢"，一边仍在留意安静，他几乎忍不住地想问他：需要多少钱，办一场？

许晴儿笑，呵，是工程师，本来就是工程师，这又有什么区别？

蔚蓝说，好年轻的老总。

许晴儿说，不年轻了，看着小，装嫩呗。然后像大笑姑婆般哈哈笑道，我还追星呢。她一指安宁，说，我追你们乐团，到北京去看演出过。

蔚蓝这就想起来难怪有些面熟，上次在北京宾馆早餐厅里见过这女孩，当时安宁和她在一起，自己还觉得奇怪，怎么这一大早安宁就有朋友过来看他？而女性的直觉是，那女孩对他有意思。

安静把一副筷子递过去给许晴儿，说，那是你追长笛。

这话让安宁面红耳赤。安宁生性敏感，他感觉得到这话里的意味。安宁知道自己和这个弟弟彼此掂得出对方的分量，由他来说自己被粉丝追星，那状态里就好像有了点嘲讽。

安静还真的有点别扭，因为看着这个打小相识的女孩这么明显地向安宁表达自己的爱慕，就觉得别扭。她了解他吗？她知道他与自己的关系吗？她不觉得这关系很麻烦吗？而且就自己的标准看，他可不合适……安静心里有些混乱。

许晴儿不知道安静在想什么，她哈哈大笑，把工作人员递给她的矿泉水，递给安静说，安静，喝水不喝醋，等你独奏音乐会开了，我追你，一定追。

连她也知道独奏音乐会了。安宁瞥了一眼安静，安静正在摇手，说，独奏音乐会，哪天哪月都不知道。

许晴儿飞快的言语就像豆子在一个个爆出来，她说，我妈说的，是她听你妈说的，向阿姨张罗下来了红色大厅，到时候你的海报、节目单由我公司这边做设计好了。

安静心里对向葵充满了埋怨，他想立刻回家，告诉她怎么这么烦人。许晴儿说，安静，我们新媒体也可以试一下视频传播，把这种音乐会做成有风格的短视频，在微信、微博和PC上传送，比平媒宣传更立体，全方位。

蔚蓝他们好奇地听着，并且立马明白了几分，以前搞演出的不想这些套路。许晴儿说，这样的传送是定点传送，其实在音乐会前就可以拍一些片段，进行传播，在各类文艺爱好者中间流传，这样的新媒体宣传，本身就是一个产品。

当她利落地说着这些的时候，就不是刚才那个小女孩了，丰富的手姿显得很洋派和知性。而她在这群文艺者面前，似乎更愿意变成夸张的小女孩，她对着走神的安静"咯咯咯"笑起来，看见了吧，我都准备好了，随时追你这颗星。

安宁看了一下手表，说，不好意思，我下午还有一个学生的课，要先走了。

许晴儿像想起了什么，连忙打开随身的Dior包，从里拿出一叠信封，看了眼安静说，不好意思，我们也是第一次搞演出，不知道规矩，这个劳务费是不是就这样直接由我发给每个人？

她就一个个递给大家，一边笑道，反正也算是朋友了，不讲规矩了，我和安静家是世交，和安宁是网友，和大家都是朋友，谢谢大家，今天辛苦。

她发了一圈，把最后一个递给了安宁。安宁感觉它有点厚，心里"咯噔"了一下。这会儿他没有余力在意这个，他也没有余力再去在意此刻安静把自己的信封悄悄塞进蔚蓝搁在身后的小包。这个中午他感觉不太好，除了独奏音乐会的消息让他意外之外，还有什么东西，让他也有些气喘，他一下子分辨不出来。许晴儿把信封递给他后，对他笑，今天他坐在他们中间有些沉默，她想对他开个玩笑，好让他高兴一点，就说，赶场子，我们很通俗的，我也很通俗的。

她没想到，这话此刻像鱼刺刺了他一下。是的，草根者的自卑总是随风起舞，尤其是他在静冥幽客前的状态以往一直位于上方，如今在她的只言片语中，她在渐渐升上来；这只言片语中，还有她与安静所谓的世交之家，映照着他的另一种生态。他一下子还不适应对于她的视角所需要做的调整。于是他站起来说，我先走了，谢谢哦。

他拎着长笛盒，走到国际会展中心门外。

外面阳光灿烂，广场上有人在放风筝。他把手伸向马路，想打一辆车。

与来时一样，没有一辆空车。他站在星期天的马路上，突然想到了什么，就从口袋里掏出刚才的那只信封，打开，有厚厚的一叠百元。他用手指粗略地数着，反正一时打不到车，他就在马路边数钱，大致有三到四千元。给多了。她给自己多了。他心里有许多奇怪的滋味，但没有轻松的开心。如果你想有尊严，有时候朋友对你的好，就变成了怜悯，变成了对自尊的伤害。

他知道她的好意和无辜。他厌恶的是自己的敏感。但敏感从来不是没有依据，所以他清晰地觉得别扭。他的眼睛里有水。他在向马路上招手，招着招着好像委屈是因为招不到一辆空车。天上风筝在飞舞，他想了一下，自己这一刻最大的心结还是那个消息，他对自己说，安宁，我也要开独奏音乐会。

有一辆"甲壳虫"停在他的面前。车窗在摇下来，安宁看见许晴儿在向他招手。许晴儿说，我送你，我知道你打不到车。

他愣了一下，就拉开车门，坐进车。

他把长笛盒抱在怀里，说，谢谢你，要去上课。

她戴上墨镜，一边开车，一边笑，我知道，赶场子赚money，我也赚money啊。

安宁笑起来，轻吁了一声，说，与你相比，我算什么赚money，难为情啊。

他说的是实话，仿佛不当回事的玩笑，其实在意的正是这个，但说出来了，心里又轻松了一点。

许晴儿说，别比啊，各有各的烦心，别比，我最怕比了。

安宁说，也是，不比不比，人只能往前走，不比较也别回头，比出了轻重，就没得当朋友了。

许晴儿转脸看了他一眼，说，对，我们是朋友。

车多路堵，开开停停，安宁在想心事，虽说不比，但在他的心事里，此刻正在和人比。他比的是传闻中的安静独奏音乐会，以及刚才大家议论这个专场时，蔚蓝说的那句，专场需要导演和总监，要不，安静请我当导演吧。安宁还在想"红色大厅"，自从它落成后，自己还没进去过。

他问许晴儿，安静这个"红色大厅"演出，他家要花多少钱啊？

许晴儿说，听她妈说，准备三十万左右，这个价钱好像还行吧。

安宁没响，他看见有人穿着滑轮，一身酷炫装束从车边过去。他说，这路真堵，可能还是走快呢。

许晴儿说，是啊，从国外回来，不敢开车了，车技也显得很差了。

车子向着城西开，这个下午，安宁还有两节课要上，他们是两个小学生，很顽皮的小男孩。每小时一百元。这样连同上午的那位，这一天就有三百元。晚上本来还有一位中学生，但最近中学生在忙着向中考冲刺，所以暂停了。

如果按一个月八个休息天来计算，这上课费，一个月就有近三千元，但这就意味着双休日就全在上课，没有了自己的时间。而如果平时也收学生，从星期一到星期五每个晚上，那么就可能赚到五千至六千元。

而安宁心里明白，如果这样上课下来，自己的长笛生涯可能就彻底完蛋了，自己看到手里的这个笛子可能就只有彻底厌倦的份了，而耳畔充斥的全是那些小孩子的走调之音，自己的耳朵和感觉也彻底完了。他明白这个事理，明白轻重。

坐在这个卡通的车里，坐在这个卡通脸庞的女孩身边，他在想，如果有钱就好了，如果有钱，可以静下来好好做点音乐。

车窗外是星期天的大街，临街橱窗里诱人的海报、街边年轻人鲜亮的春装、两两相伴者的甜蜜身影、孤单者的匆忙步履，这个时代充溢着汽车尾气的空间里交错着物质的光影、迷惑的眼神和清晰的流向，就像马路上这条车流。无数种营生方式都像树枝上摇曳的叶片，即使辨不清好坏，但分得清新旧，人的感受就像它们在这时代的风中摇摆。安宁有点埋怨远在故乡的母亲，音乐，那是有钱人的闲愁。他低头看怀抱里的长笛盒，它是自己这一家的恩怨，是心里的隐痛，而这时代就像窗外流动着的风景，它才不管你曾经的阅历，你曾经的代价，它一路向前。安宁想，三十万？我只要有十万，我就可以开次专场，没有"红色大厅"，只要有一个音乐厅，我也心满意足了。

安宁才不信安静刚才摆着手的否认，他见过不在乎钱、不在乎名的，但还没见过对技艺受肯定不在乎的演奏家。就他对安静天分的掂量，他好像已看到了"红色大厅"里成功的光华。安宁知道比不过了，但他也想开次专场。从小到大，在自己和母亲这边，安静是一个对照体，它像一个基因已融入了他的血液，甚至刚才乍听二胡张峰说这事时，他的一个反应是：不能让妈妈知道，否则她又会焦虑了。

只要我有十万，甚至更少一点，我就办一场我的长笛独奏音乐会。把妈妈请过来，让她坐在音乐厅的第一排，哪怕没有别的观众，就她一个人坐在第一排，她也会喘一口气，觉得这是我们自己的"红色大厅"。这是他能给她的安慰。

华联商厦门前的这个红灯，好像时间特别长。

许晴儿等待绿灯亮起来，而在她情绪里，倒希望这时间再长久一点，因为再过一个路口，就到了他要去的景月小区。

她看了他一眼，他沉默的侧影有很好的轮廓，她喜欢这样线条硬朗的脸庞。她不知他在想什么。两人无语，车内清新剂静谧地荡漾着她喜欢的兰草味道，她听到了钟表的嘀嗒声。生活中有些时段过去了就再也没有了，比如这一刻。她看了一眼前面的红灯，她想等绿灯亮起来，说一下话。

绿灯亮了，她踩油门，在车开出去那一刻，她听到了自己叹了一口气。

他也听到了，他以为她等急了，他还听到她在说，我喜欢你。

他知道粉丝的心情，否则也就不是"粉丝"了，她在网上不是也说过这话了吗，在北京时不是也说过了吗，他知道她喜欢自己的长笛从而喜欢自己，否则也不会专门追出来开车送自己，更不会悄悄给一个厚信封的劳务费。他微笑道，知道知道。

他的淡然，让她知道他不知道。

等他下车以后，她回到国际展览中心，把车停进车库。她突然瞥见一只信封被塞在副驾驶座前的格子档里。

她拿过来看了一下。原来他把它还给自己了。

她明白了他的自尊，是的，既然是朋友、网友，那么这次赶场子只能算作是帮忙，是不能收钱的。

她心里是那么遗憾，关了车门，坐电梯上展厅去。

音乐会几种开法

十三、急语

她这么说着，眼泪都快流下来，不是因为觉得自己多有理，而是因为她发现自己和他有多大的区别，自己在给他建议时，把自己融入了进去，而不像他刚才那样。

向葵下午去了一趟报社。她任教育厅副厅长的时候，与媒体圈交往颇多，《今日快报》总编辑丁钰、《南方晨报》总编辑方向等是她的好友。

　　今天她去报社是想请他们出出主意。媒体人见多识广，"安静独奏音乐会"在筹备阶段就得从高度、新锐度、影响力制造等方面入手。这样的请求，对老朋友来说，自然是举手之劳，两位老总叫来了几位文艺记者，当场开了个小型座谈会，会上火花四溅，创意迭出。向葵对各位连连道谢，她说，无论是"当民乐遇见青春""疯狂竹笛""与古典对话"还是"乐音里的中国梦"，选哪一个都会舍不得另外的那些个，它们够安静用一辈子了。

　　从报社回来的路上，她闯了一个红灯，因为兴奋没留神。

　　其实最让她兴奋的，还不是那些飘来飘去的点子，而是谈着谈着，两家报社的热情也被点燃，他们答应作为协办单位，加盟本次公益演出。"传颂国乐精粹，传递中国情怀"，门票将由《今日快报》向公众发放。而《南方晨报》将举办"民乐中国·琴童清音"活动，全民海选十位琴童，与青年演奏家安静现场合奏。

　　作为活动的序幕，海选报名将于下周启动，向全城青少年发起总动员。

向葵回到家已经五点半了。她一进门，就看见安静坐在一楼客厅里看报纸。

平时这个时候，下班后的他一般总是在三楼露台上吹笛子，你喊他半天他才拖拖拉拉下楼来吃晚饭。而今天，他就坐在光线幽暗的客厅里看报纸，连灯都不晓得开一开。向葵推门进来时，他没抬起头来。而在她的印象中，家里订的报纸他是不太看的。

向葵把包搁在矮柜上。她感觉到了屋内正在憋闷的空气从儿子坐着的那个方向弥漫过来，她有点猜到了他今天为什么坐在这儿等着自己回来。

其实，自从上周她去过爱音乐团后，她随时都在为这个时刻准备。她知道儿子是个内向的人，怕麻烦，怕事儿，怕别人关注。但她也知道他是个好说话的、温顺的人，一向听自己的话，这么多年了，虽然他也有脾气，但只要妈妈坚持，最后他都听妈妈的，因为他明白事理。

于是，她叫了一声"安静"，准备摊牌。

嗯。他头都没抬起来。

她说，你可能听说了吧，其实妈妈上个星期也跟你说起过了，我和你爸想帮你办一场个人专场音乐会。

安静短促地说，我不办，我不要，我不喜欢。

向葵说，妈妈已经为这事忙了好几天了，接触到的任何一个人都说，你们需要，你们赶紧，你们早该办了。

安静说，那是他们，我不需要。

向葵觉得他那样子像个小孩，她说，不是所有的人都有这个条件。

安静说，也不是所有的人都需要，我就觉得没必要。

向葵坐到他旁边的沙发上，放缓语速，说，你也大了，自己会有判断，我也不坚持，只要你回答得了我的问题，其实也是你自己的问题。

　　安静抬头看着她。她平静面容下隐藏着的焦虑让他心烦。这两年越来越心烦。好像什么都需要去抢、去争、去赶似的。她的这种气息让他沉重，心烦。

　　向葵说，我们为什么要待在乐团里？

　　安静说，因为学这个的，是专业。

　　向葵说，如果待在团里，越来越边缘，那么就不够专业了，那不就成了混混的状态了吗？如果是混混，那么我们为什么还要待在那里？待哪儿都一样，待你舅舅那儿还能多赚些钱。

　　安静说，我喜欢吹笛子。

　　向葵说，这就对了，妈妈支持你，但安静，如果待在那里只是混混，那叫吹笛吗？那是浪费时间。

　　安静说，我没浪费时间，你没看到我在练习吗？

　　向葵说，浪费不浪费时间，衡量标准不完全是你自己的，你的标准只是其中一个，但还有别的标准，硬性标准。

　　安静知道妈在说什么。他说，首席、专场、出名，我当然想，但我喜欢以自己的节奏来。

　　向葵说，你的节奏？就怕以你的节奏，到时候就压根儿轮不到按你的节奏了。你懂我这么说的意思吗？我想，你应该是懂的。你没去成国家大剧院，连伴奏都没机会，你会不懂吗。安静，在今天，不管什么人，一上场就得是大树，或者以最快的速度成为大树，都来不及让你有从小芽长成大树的时段，否则就被遮蔽，我这话你懂的。

　　安静知道她的意思。

　　以这样的标准，你这接下来的两年就是浪费时间，人生有几个这样的两年？如果是这样，我建议你去舅舅那儿，把吹笛子变成自己的业余爱好，这样至少还会有所得，比如赚到钱，而不至于最后两手空空。

安静说，两手空空？我吹笛子，得到的是开心。

向葵说，那是因为你现在还没有付出太多的时间和代价，还感觉不到太多沧桑，假如一直这样下去，你会纠结的，什么事只要自己用心下去了，最后都会向你暗示答案，因为你花了自己的精力，时间成本和人生成本都摆在那儿，到那时一个人会真正开心吗？妈妈工作到退休，相信这一点不会没有感受。

安静无语。

她的这些书面语，让谈话沉重。一如既往，这样的沉重让他心烦，想逃避。

而向葵知道自己话里的有些东西进了他的心里，他只是怕烦，怕难堪，怕别人看起来背时。但是，如果上位怕难堪，那你就别混了，没有什么是轻而易举的。

现在自己还有一些资源可作整合，只怕到时候没这些资源了，只会更累，更烦。

在儿子安静回答出来之前，向葵继续为音乐会奔忙。她知道他一时半会儿回答不了。

连着两天，安静住在团里的宿舍楼里，没回家。

蔚蓝端了一个自己做的芝士蛋糕过来，娇嫩的柠檬色，围了一圈橙子切片，气味香甜、清新。她对安静说，照着网上的说法做的，材料也是网购的，一起吃吧。

她今天来可不全是为了分享手艺。她告诉他，韩呼冬还真的来问她愿不愿意去他爸公司。

去房产公司做公关？安静神情略有惊讶，但没表态。

蔚蓝用带来的塑料刀把蛋糕切成了四块，把它们盛在网购来的小纸盘里，把其中一块推向安静。

　　她说，给三十万年薪呢。

　　三十万？安静重复了一句，看不出他对这个数字的震动。当然，可能是他不缺钱花，平时也很少在意这个。

　　她等着听他进一步的反应，想看看他如何建议。

　　他知道她在等他的话，就支吾道，这个收入在团里需要干五年。

　　他在吃蛋糕。他点了下头，指着蛋糕说，味道蛮好的。

　　她直接问他，你说我去吗？

　　其实按她的个性，她不需要问别人，但人有时候就是这样，征求意见只是想表达自己的想法，舒解一下暂时纷乱的情绪。

　　安静看着墙上的镜框，那是一幅获奖的著名摄影作品——幽暗的窟室中，一位出家人举着烛光在打量佛像脸上的微笑。

　　他支吾道，这要怎么看，要赚点钱呢，还是要清静一些？

　　她显然不喜欢他这样的回答，因为自己想要什么，在这个年代哪有这么简单。作为老朋友，希望他单刀直入，比如说我认为你该要什么，不该要怎么，这才是交流的前提，因为把自己融入对方处境，急所急，困所困。虽然对方最终未必真的会听进你的意见，但在交流时能感觉你的真诚和投入。

　　安静可不是这样的风格，他一向清淡，蔚蓝了解。但她不了解的是，今天这样一个对自己来说是大事的事儿，他依然还这样清淡，好像以旁观的视角在谈一个辩证法的东西。

　　蔚蓝只好直接问，那你说呢？

　　安静轻微地晃头，犹豫着说，这不太好说。

　　那意思是，我也不知道你想要什么，该要什么。

　　虽然也是这么回事，但他这么黏糊的话语方式，今天让她有点生气了，她说，你觉得呢？

他不好意思地笑着。他感觉她言语的逼近。他说，房产公关可能会比较折腾，而我们这边呢，看你有多喜欢。

你还是没说，蔚蓝心想。于是，她说，我们同学了这么多年，在台上合作了这么多年，你难道不在乎这个事？是我的事啊。

他发现她突然有点生气了，这让他有些吃惊，他想她怪我不关心她的事吧，怎么会呢？他尴尬地笑着，说，怎么会不在乎呢？只是真的不好说。

蔚蓝突然明白了，他说的还真的是他心里的话。确实是。他本来就不是一个挑担子的人，甚至是怕挑担子的人，连他自己的事都不习惯挑担子，这是他一贯的言语和思维方式。好像说出了什么态度，就要他承担担子似的。如果从这个角度判断，说他不关心，还确实是，他对什么都这样，浓度不够，自然不会豁出去关心。

蔚蓝把另一块蛋糕推到他面前，说，你多吃一点。

他知道她在不高兴。他局促和不明就里的样子，又让她心软。

蔚蓝说，我也确实没答应韩呼冬，但在这里这么待下去，好像也没什么前景，我说的是在目前团里的发展格局下，民乐没戏。

蔚蓝在艺校时就是班长，安静知道她的从容后面有别的女孩远大的志向，这使她骨子里有些硬朗，不熟悉的人看不出来，因为是老同学，相处多年，走近了就感觉得到。

但现在真要让他说该往哪一条路走，一个是他确实没考虑过，二是他说歪了的话，她错过这个机会怎么办？所以，这关键还是要看她自己。这是他的思维。所以他吞吞吐吐。

他局促着。对她而言重要的大事，就这样被轻描过去，像水彩画一样，甚至构不成一次交谈中的争论。

从这个角度说，他确实如蔚蓝想的那样，没把她当妹妹。他也没有兄弟姐妹，他从小被宠着，什么事都是别人帮他拿主意，他只有舒服不舒服的自我感受，很少为别人用心。久了，就这样。

所以，蔚蓝的失望理所当然，他不像别的朋友能演绎仗义的层次。仔细想想，他还真的一惯如此。

他让人感觉有教养，与他相处使人安静，但无法沉入，就像隔着一层空气，跑啊跑啊，你不知在哪一个点上会触壁，但至今还没触壁。

蔚蓝转了个话题：你的独奏音乐会是不是在准备了？

他说，没，我不办。

不办了？

见他把面前的小块蛋糕吃下去，她把剩下的最后一小块递过去。他瞅了她一眼，说，吃不下了。

她说，吃了吧，我更吃不了。他就听话地接过去。

他说，我不办了，是我妈在乱折腾。

她注意到了他眉宇间的烦恼。她知道在清淡的他看来，这事有多烦。其实从事情本身来看，这样张罗确实背时，尤其一上来就是"红色大厅"的架势，也有点荒谬，但除了这个，还有更好的办法吗？

她说，听我一句，你需要这个。

他摇头笑了一下，说，我不需要。

她说，我知道才华会像星火一样，一忽而过，什么年纪，什么阶段，有时候才华是惊鸿一瞥，闪过去了，就再也没有了，一个人，一生也可能就闪一次，再努力也没用，听我的建议，我不想让它闪过去。

他没响。

她说，我爱看小说。我发现，一个作家，你不可能等他到四五十岁的时候才去写最好的爱情小说，好的爱情小说往往是青春的涌动。你不能等，就这个阶段，不要让它过去，让更多的人尽快听到，这也是对才华的尊敬。

她这么说着，眼泪都快流下来，不是因为觉得自己多有理，而是因为她发现自己和他有多大的区别，自己在给他建议时，把自己融入了进去，而不像他刚才那样。

她在心里说，我只说这一次，他让我太累了，就当我是对才华本身在说。

安静沉吟着，盯着小块蛋糕，再吃一口，就完了。就像蔚蓝知道的那样，他未必不认同她的方式，但他的方式不是这样。是的，他的善良能感受她的好心肠和为他而来的焦虑，但他的方式不是这样，所以他首先感觉的是压力，因关心迫近而来的压力。

他说，我知道，知道，但什么事，我都喜欢随其自然。

她没响，等他说下去，仿佛自己一插嘴，他就再也不说完整。平时他常这样话说半句。

今天他说了下去。他说，不是我不喜欢办专场，我也很想啊，但不想这个时候，以这种方式，因为好像较劲一样，有点神经质似的。出名，才华展示，我也喜欢的，但我希望按我的节奏，不要那么折腾，否则会很烦。

她忍不住了，说，按你的节奏，那就可能等到它消失了。

他愣了一下，抬头看着她的脸，她漂亮的脸庞让他感觉另一种眼熟，她有一个透出意志力的下巴，线条精致。他说，如果不按我的节奏，即使成了，我也不会感觉太多开心。

他想起小时候在少年宫时就有的荣耀，他觉得今天对她这么说，确实是自己真实的心情，因为在童年时代他对此有深深的体会。

他言语平静，仔细看过去，有忧愁的气息，它就在他发愣的脸颊上。

她说，如果才华错过去了，可能未来想起来也未必开心。

他想，他们说话怎么都绕到了这个点上。于是他说，我可以没有开心，但不想勉强，因为我不想不开心。

现在他好像想逃出这个屋子，有点坐立不安的样子。蔚蓝心里有奇怪的怜意，是对他也是对自己。

果然他笑起来，说，我们不谈这个好不好，说着说着就沉重了。

蔚蓝心想，不说就不沉重了吗？

他说自己就是很怕烦的一个人，妈妈这么折腾，自己就想跑掉。他笑起来，说，我怕麻烦，怕麻烦别人，也怕麻烦自己，你别劝我了。他瞅着她笑着摇头，说，你很像我妈妈的腔调了。

蔚蓝就站起身，走出了他的宿舍。他知道自己可能又说错了，为此不安起来。

向葵没想到，办一场音乐会还有意想不到的问题，比如，乐队伴奏的编配问题。

她意识到这问题是因为安静的一句气话。当时她打电话给儿子，问他晚上回不回家。她知道这两天他对自己为他拿主意不舒服。

安静说，不回，我单位有排练。

她说，哦，那好吧，你排练的时候，也要想想自己专场将上哪些曲目。

安静不紧不慢地反问，哪些曲目？你以为有这么容易？

她听得出他的不耐烦，就说，总是选你自己拿手的那些。

他说，切，我拿手有什么用？编配呢？编配影子都没有，还独奏音乐会呢，让人家拿什么伴奏？切。

他笑了一声，声音虚远。

她知道他不高兴。但这提醒了她，是啊，大乐队要给他的笛子伴奏，得有编配。这事自己开始压根没想到，想到时就发现是个大问题。

她放下电话，在家里走来走去。儿子不回来，这屋子就少了声息。每天这个时辰，三楼理应有笛声传下来，这几乎成了这家里的基本配置。林重道像个影子又在露台上摆弄那些花木。儿子的事怎么总是我一个人在心急。她想，下半场民乐队的伴奏应该好办一些，因为儿子整天和他们在一起排练，几首现成的乐曲，民乐队应该有基本现成的编配，但那个交响乐队可能问题就大了，因为是民乐曲子，得给那些演惯了西洋乐的小提琴大提琴长笛手们重新编配。

向葵按自己的理解这样想着，于是心里乱了。她不知道这工程有多大。要不交响乐队不要了，完全用民乐伴奏？但她不甘心，因为在她的脑海里已经将交响乐队的宏大背景定格在了安静的背后，她已幻想了无数遍。她需要的是这样时尚、现代、国际化的感觉，否则还不如不办。

她给张新星团长打电话，她说，乐队伴奏的编配怎么办？

张团长说他也正在想这事，按理说既然团里接了伴奏的活儿，就不用你操心了，找我们的作曲编配一下。但我们团的作曲家李帅刚刚被借调到电视台，为大型纪实专题片《美丽中国梦》配乐，属于政治任务；而另一位作曲家丰建华正在为交响乐队接下来的全省巡演创作一首大型交响诗《南方之光》，因而匀不出时间了。这是省长布置的作业，省长希望爱音有自己的原创曲目，在巡演中弘扬本省璀璨的历史文化。

张团长在为难。他劝向葵，要不交响乐队伴奏就算了吧，全场纯民乐伴奏，这样也是蛮有味道的。他说，民乐队虽也要做一些编配，但就简单多了，他们彼此都熟悉。

张团长这么建议着，心里也确实觉得这是个符合实际的好办法。他说，要不费用你们也少出一些，以后有机会再请交响乐队，来日方长。

向葵没考虑这建议，她果断地说，我们想定了，得请交响乐队，这是我们的梦想，团长，你再想想，还有什么办法？

张新星说，要不安静独奏音乐会延后到明年？

向葵同样断然否决。因为她想要的是"红色大厅"首场国乐这一概念，而等到明年，那场地就没新鲜劲了，不知有多少人开过了都没准。

张新星心想，那还有什么办法呢？

他知道这女人固执，劝不了她。他突然想起来了，说，哦，还有一个人，他也修过作曲，蛮不错的，应该说还更好，因为年轻，风格比较时尚，能处理"中国风"主题。

向葵连声道谢。张新星说，只是他是演奏家，平时排练、演出排得比较满，不好意思给他布置这额外工作，要不你们自己悄悄请他帮个忙，他是冯安宁。

向葵愣了一下。张新星说完，自己也愣了一下。是啊，他俩不是兄弟吗，当然这是关系复杂的兄弟。他留意到了电话那头的女人突然停顿的声息，为了消解自己的尴尬，他说，当然，你们还可以请外面的作曲，只是他们不那么了解我们乐队的情况。

他最后加了一句：唉，你就让安静自己去托冯安宁吧，既然他们也是同事，安宁会肯的。

星期六下午四点半，安宁从林语别院小区出来，他刚给学生上完课，准备回团里。

这是个排屋区，离市中心较远。安宁准备往前面的29路公交站走，从那里坐七站路，再乘地铁可以到爱音乐团附近。而打车将近三十五元。

有一个女人站在小区门口的太阳伞下，向他招手。她穿着一件轻薄黑色风衣，脖间系着一条宝蓝色的围巾，手里挽着一只GUCCI包。

安宁吃了一惊，这不是那个向葵吗。

他站在距离她十米的地方停下来，迟疑地看着她，心想，有没有搞错？

向葵说，小冯，是吗？

安宁点点头。

向葵脸上笑了一下，有一丝别扭被迅速地遮蔽而去。她说，阿姨有点事想和你谈谈。

安宁不习惯她这样的腔调，也可能是他自己的心理感觉，他想，你又不是我的领导，说话怎么像领导一样，什么谈谈。

他就没吭声，看着她。小区门前的竹林在风中"沙沙"地响着，太阳正在偏西。她用手指指了一下这周围，意思是这里没地方坐下来谈，她说，大门外有家茶馆，我们过去谈谈。

安宁说，我有事急着回团里，你说吧，就在这儿好了。

向葵此刻不在意他的生硬。她笑了一下，利落地仰起头，说，那好吧，是张团长让我找你帮个忙。

安宁心想，那张团长不会自己来找我呀？天天在打照面。

他没响，等着她说下去。

她走近来一些。因为这样站着，仿佛对峙，别人从远处看过来，有点古怪。她说，你知道吗，你弟弟安静最近要办一场专场。

安宁继续不吭声，他削瘦的下巴放大了他的倔强。他看见她盯着自己，在等待回应。他就勉强说，听说了。

向葵温和而大气地对他笑着，说，这个安静，你也知道人太老实，他需要这场音乐会，我到这个年纪，以后也帮不动了，所以这回是当大事的。

安宁心想，这你告诉我干吗？关我什么事？

向葵说，张团长说想邀请你为乐队伴奏编一下曲。

在安宁的眼里她永远假模假样。他短促地说，张团长还没邀请我。

他语气里的嘲讽就像初春的风有些冷意，刮到她的脸上。她说，是他让我来请你帮个忙，因为团里另外两位作曲家有别的任务，他夸你风格时尚。

安宁瞅着她说，是这样啊，但我最近也太忙了，不好意思，你们可以外面请人。

她也瞅着他，笑道，你弟弟开这么个音乐会，你好像没为他高兴呀。

安宁说，如果没你在这儿，我可能已经在为他高兴了。

他拎了一下长笛盒，准备离开。而向葵来这儿之前已经作了各种心理调试，否则她也不会费这么大的劲把他会在这个时间点在这小区上课搞清楚。虽然刚才这句话算他说得出口，但她不决定生气。所以，她没想让他这么快就走人，她又走近一步，说，唉，高兴不高兴的事我们也没说了，其实也不关你们小辈的事，今天只是请求你临阵救急，帮他个忙，他可没对不起你，你就把他当同事，同事间也要帮助的。

安宁笑了一声，说，如果他像同事来对我说，我可能就帮了，问题是他没有，而你不是同事。

向葵有点恼，她做了这么多年厅级领导，还没人这么跟她说话。她把升腾上来的气压下去，她看着这个小帅哥，他的犟劲儿跟他爹一点都不像。她低声说，我们出钱的，出些创作费用，好不好？五万块钱。

安宁咳了一声，看了看天色，今天的夕阳特别大，像个通红的橘子。这个数字跳出了他平日里关于自己身价的所有想象。但他说，创作费用我又没用，我上上课，够我过日子了。

向葵笑了一声，她看了他一眼，说，我知道够过日子了，但如果把它存起来，积起来，哪天也可以开一场自己的专场了。

安宁敏感地扭头，这个女人此刻脸上的怜悯是真实的，但恰恰因为此，它刺了他一下。

向葵看到了他脸上的微妙波动，知道这话的作用，于是赶紧说，即使你不需要什么专场，你妈妈也需要的，这我知道。

晚风从绿地那边吹过来，带着青草的气息，安宁感觉自己的眼睛里好像有水。他飞快地从这个女人身边走过去，他说，我自己会有自己的独奏音乐会，我只给我自己的音乐会编配。

他听见那女人的声音：再想想吧。

他没回头，他走到了小区门外，他把手张开，伸向马路。此刻他要打一辆车，快快走开。

这一个晚上，安宁没去食堂吃饭，他泡了一碗方便面，盯着乐谱，盯着电脑，在想象着自己音乐会的情景和曲目单。

他的存折里有四万块钱，这是他工作两年多来的积蓄，平时他基本不会去动它。

这点钱别说在"红色大厅"了，就是在省音乐厅、戏曲大舞台，连场租费都不够，更别说请乐队伴奏、制作海报、演出说明书什么的了。

他在电脑上搜，看看还有哪些类型的音乐演出。宿舍里昏黄的灯光照耀着他躁动的心绪，这个小小的屋子此刻无法安放他的念望，他站起来，拿过长笛吹了几个音，是《天空之城》。他闭上眼，空山、天宇、鸟雀，让那些空旷的画面安抚一下内心，好静下来一些。他突然想到，要不演出场地创意一下，干吗非放在剧场里？那么贵，自己没钱，要不把它放到户外，不是有实景演出吗？对了，长笛与实景。

这么一想，他几乎要跳起来，我自己的音乐会就放在一个意想不到的地方，比如，湖畔，少年宫草地。

现场安排会有些麻烦，但如果场地小巧、半封闭，应该问题不大。他坐在电脑前，搜这座城市的特色地带，搜了半天，也没让自己眼睛一亮的。但他相信一定会找到，因为这个想法很特别，尤其适合他这样的普通人，他笑起来，就像没嗓子就去唱摇滚的人，没钱的，就玩创意吧。

他又把自己擅长的曲目一个个打在电脑上，他想依据它们，排一个幻想的景象，然后再去寻找有意味的场地。

他哼着莫扎特、贺绿汀的曲子以及《天空之城》，他站起来走到窗边，他想象着自己的视线飘起来，飞跃到城市的上空，寻找一个小小的点，然后在那里乐音降落，像春雨一下，落下来。

在这座城市生活了两年，平时很少一个人在外面闲晃，所以这个时候，他发现自己对这城市的许多角落还不是太熟悉，如果是在自己的老家，那么他一定会找湿地一带的苇湾，以飞舞的苇浪为背景，那种迎风而立的状态，太适合了。或者也可以选一处深幽的弄堂和老屋，把音乐会封闭在一个狭小的天地里，打起一盏盏昏黄的灯笼，精雕细刻南方生活的韵味。

这个宿舍，这张单人床，是他在这座城市的家，此刻与许多个夜晚一样，他把自己关在这里，在想象中提振着自己的情绪，安慰了自己的孤军奋战。

电脑上的QQ在"滴滴"地响，他探过头去，是静冥幽客。

他点了一下。她说，在忙？

和她聊，其实他有点烦了，因为是两个天地的人，她是他的粉丝，视他为乐趣，而他有自己的哀乐，从舞台下来，他就没有了台上刹那的轻松，偶尔扮一下还行，但都见光了，就别绕了，否则就假了。

虽是这样的心态，但他回了：嗯。

她回：呵，今天又去赶场子了？

他回：呵呵。

她回：我也是，在公司加班，赚money，很通俗的一天。

他没觉得多逗，就回：嗯，我得多赚点，办场个人音乐会。

她回：到时我帮推广策划，新媒体。

他回：OK。

她回：我们公司的设计会很酷炫。

他回：这个我信。

她有些来劲了，回：你什么时候办啊？

他回：还不知道。

她回：快点，我等不及了。

他突然想起来，嘿，要不让她想想哪个场地有创意，就回：没钱，想搞个有创意的，省掉场租。

她回：没钱？呜呜。得要多少啊？

他回：如果是音乐厅版，最省七八万，可能吧，我们自己的乐队伴奏，可以让团里照顾打点折，场地要去谈。

她回：这就够了？

他立马想起来，她对钱的概念和自己不一样，他赶紧转个话题，回：不想出多少钱，就想搞个创意，比如，户外实景。

她回：户外实景？

他回：实景演出，可能一分钱场租都不用，关键是场地要体现想法，有说头，有感觉。你建议下，去哪儿？

她回：好想法，我建议大海边，或布达拉宫前。

他回：这就需要很多钱，因为去那儿得有钱，整个乐队哪。

她回：呵呵，也是。那么，去江畔吧。

他回：江畔？

她回：找一条船，在江上飘行，满舟音乐，行为艺术哪。

他想她确实有点想法，就回：船需要钱。

她回：嗯，但可以找赞助。

他觉得这又复杂了，一时不知怎么回。

她回过来：要不，我们公司出吧。

他回：这哪行，不可以。

她回：两个版本，一个音乐厅版，一个实景版，配套，一个系列，这个可以有。

隔着长长的网线，他感觉她在起劲了。他回：以后吧，等我有实力了。

她回：你真的想办？

他回：想啊，但我想简约有创意的，你还是帮我再想想场地。

她回：懂了，不花钱的场地。

他回：对。

她回：想起来了，工厂，城东旧厂房，我舅在那儿搞房产，才拍下的地。

他回：啥意思？

她回：才拍下，正准备拆除那些厂房，有废墟感。

他想象了一下自己的笛音在那些空寂的车间里回旋，还真的不错，回：这个好。

她回：哪天去看下？

他回：OK，只是到时去哪儿组织观众？

　　她回：也是。

　　他就愣在那儿，觉得这真心不错，但观众怎么去那儿看是个问题。

　　她回：还有，你首秀选个废墟，这味道不对。

　　他回：怎么了？

　　她回：不吉利，好像不吉利。

　　他回：那么再想想别的。

　　她没回，感觉她正在想，安宁看了一下时间，发现已经十点多了，有些感动。

　　她回过来了：我想过了，还是选择室内，至少音乐厅。

　　他想结束聊天了，因为怕她也累了，就回：谢谢你。

　　她回：OK，别急。

　　他回：你也该回家了，再聊。

音乐会几种开法

十四、苦乐

人群中，她像一片细巧的叶子，那么瘦弱。她似乎在发怔。不知她在想什么。有一种忧愁的气息很显眼地绕在她的周围，将她从人群中划分出来，一眼就能看到。安宁的泪水夺眶而出。

退休教师冯怡坐在观澜镇自家老屋的饭桌前。她想把面前的这碗粥喝下去，好让胃里舒服一些。

粥煮得很稀，有新米的香味，冯怡一点点地喝着，虽没有胃口，但可以想象粥汤正在温润着胃里的苦楚，让疼痛缓下去。这是她自己的疗方。

窗外正是南方的换季时节，雨水飘飞，天井里的桂树、柚子树、月季沉浸在水光中，雨水在石板地上四处流淌，就像身体里流动的疼痛。胃病其实是冯怡老师的老毛病了，每逢冷暖换季、心情焦虑时，它都发作，只是往年忍一忍，喝点粥，熬几天也就缓过去了，但今年却怎么也缓不下来。已经有两个月了，冯怡被连日的胃痛折磨。

折磨她的还有思念和孤独。她在这个小镇待了一辈子，但她的内心一直不属于这里。一百五十公里之外的省城才是她的牵绊，尤其是在病痛孤独时分。

年轻时，那里就是她的纠结之地，甚至在与前夫林重道离婚多年之后，她还会不由自主地留意那座城市的冷暖，让自己心里也处于冷暖之间；安宁留学归来考入爱音后，那座城市更成了她的彼岸。每天她留意着报纸上是否有爱音的消息，留意新闻联播之后那座城市的天气预报，留意手机上是否有他发来的短信。她回信时都这样写："我很好的，你别想着家里。"

她相信自己挺好的，即使在胃痛之中。她知道到自己这个年纪，自己好才能不麻烦儿子，而他就像庭院里的那棵柚子树，正在全力生长，向外生长。

现在她努力把这一碗粥喝下去。在观澜镇，冯怡老师是一个坚强的人，这谁都知道。

她盼着雨停时，这疼痛就会过去。

雨停了，胃痛还没有停歇。于是冯怡去了县人民医院，检查了一上午，消化内科的医生告诉她，你最好到省城的大医院去查查。

以她的脾气，什么都能熬着，忍一忍就会好的。但她哥冯北望恰好是县人民医院的口腔科医生，他听说了消化内科的建议，就对妹妹说，得去查查。

冯北望脸色凝重。因为他知道这建议背后是在怀疑什么。

冯怡原本不想去省城。冯望北看着这个固执的妹妹说，有病拖着，到时反而会拖累安宁的，他已经够累了，这一点你要想明白。

这话冯怡听进去了。她想想也好久没见安宁了，顺便去探望一下他也好。

冯怡去市场买了几斤板栗，用盐水煮好，又包了几个棕子，放在保温盒里，安宁从小就爱吃这个。

安宁接到舅舅冯北望的电话时，上午的排练刚刚结束。

舅舅说，我和你妈妈一大早就从老家坐火车过来了，正在省人民医院呢。安宁说，你们怎么现在才告诉我？舅舅说，你妈怕影响你排练。安宁说，我妈得什么病了？舅舅说，来检查检查，你妈这人太会忍了，其实从夏天以来她就常闹胃痛，这次被我逼着来检查。

安宁说，你们检查了吗？怎么不先到我这儿，而是直接去医院了？

其实安宁知道他妈的脾气，最近这几年，凡事她首先想到的，就是怕他累着，麻烦着。

而舅舅说，我托了一个在省人民医院工作的大学同学帮忙，挂上了专家号，所以先赶到医院来了，哦，你妈刚进诊室。

安宁打车到医院的时候，妈妈已经住院了。因为专家初诊，认为她得住院检查，明天早上做腹部CT和胃镜。

医院里门庭若市，病床紧张，经舅舅老同学的帮忙，总算占到了一个床位。于是舅舅不顾妈妈的反对，为她办了住院手续。他告诉她，你一犹豫，空位没了，我再去哪儿托人？

所以，安宁赶到医院时，妈妈已经在病房里了。她面容消瘦，但气色还不错，见自己来了，她眉眼间的兴奋在升上来。她笑道，我好的，没事的。舅舅的眼睛看着自己有点闪烁，安宁就感觉他有话要跟自己讲。妈妈高兴地从包里拿出保温盒，让安宁吃，她说，栗子，还热的。舅舅对妈妈说，轻一点。旁边那一床的病人正在昏睡中输液。他们在窄小的病房里显得束手束脚，脸上是安宁熟悉的神情，沾着故乡老屋、天井、潮湿后院、阁楼气息的神情，只有亲人才能惊鸿一瞥到的眼熟。

妈妈还在嘀咕，放心放心，没事的。

舅舅说，你妈就是会忍，要不是我坚持，她根本不会来这儿。

安宁刚才进来的时候，冯怡就感觉他像一道光亮，英俊明亮，艺术气质夺目，仿佛不该出现在这消毒水气味四溢的地方。于是接下来的时间，她一直在催他赶紧回团里去。

安宁说，我才来，怎么就要走了，你让我歇口气。

他见妈妈说话的时候下意识地捂着胃部。他说，这两天团里没事，我刚好陪你检查。

妈妈说，不是说你们正在排练，马上要巡演了吗？

安宁说，没事，都练得很熟了。

一旁的舅舅对安宁说，这样吧，我先回了，再晚一点火车就没班次了，你陪妈妈在这儿检查，既然住院了，就好好查查，我看至少需要几天时间，有什么结果，你告诉我，我再过来。

安宁对妈妈说，我送送。就跟着舅舅来到楼下。舅舅说，有些事电话里说不清，她又在旁边，不好说，安宁啊，我感觉情况可能不太好……

有一辆送病人的推车从他们身边过去，盐水瓶被家属高高地举在手里。长廊花坛边坐了一圈等待病人的家属。许多疾步走动的人影从面前掠过去。有人在玻璃移门那边大声哭泣。这周围都是心事重重的脸，这就是医院的表情。

舅舅说，结果如果不好，你不要先告诉她。

安宁明白这个。他问，结果会是什么呢？

舅舅拍拍安宁的肩，说，你也大了，不怕，再怎么样，都是命，有你这么个儿子，她怎么样都是满意的。

安宁记住了舅舅脸上的忧愁，就像他会永远记住这个中午突然而至的电话。生活中的变数常常这样不期而至。

第二天下午检查结果出来了，比想象的更糟。医生把病人家属安宁叫过去，说，是四期。

什么是四期？

四期就是癌症已经扩散。

安宁听到了自己急剧的心跳声传到了嗓子里，他问，还有多少时间？

医生几乎每天都见到这样刹那间被坏消息击中的脸，他放轻声音说，三个月到半年，如果治疗情况好，可能还会多拖一些时间。

拖多少时间？

没准，也有一年的。

怎么治？

先化疗吧。

安宁没回妈妈的病房。他来到楼下，在花坛边坐一会，心里的悲伤被焦炽感遮蔽。他首先想到的是要赶紧回宿舍取钱，身边带的钱不够。其次他在想，无论如何得治，拖个一年半年也好。多数人家也都是这样做的，这没有例外，否则就有遗憾。接着他在想自己的作息安排，晚上在医院陪夜、早上赶回团里排练，但这之间，万一医院这边有事怎么办？而少了他这支长笛，团里那边怎么练啊？这么一想心就乱了，因为交响乐队即将全省巡演，临阵缺席，团里会乱了手脚。他还在想存折里的钱，四万块，够不够医药费？可能不够，可以说肯定不够……

下午三点半的阳光从医院西侧门诊楼与产科楼之间的狭窄空间透过来，这一刻的医院正沉浸在一天最安静的时段。安宁眯着眼睛，觉得那光线像一道灰白的幕布，隔在过去与现在之间。他想这样坐下去，让脑子停顿下来，因为不知该怎么办。

他听到了手机的铃声，是妈妈在病房里叫他。于是，他赶紧跑上楼，看见妈妈正靠在床上，对着他笑，问，怎么样，还好吗？

安宁说，还行，但需要做治疗，医生认为正因为这胃病拖久了，所以要赶紧治了，否则会恶变。

安宁语焉不详，他不知用哪些医学术语瞒她，还好妈妈的注意力没在这事上。她劝他赶紧回团里去，都出来一天了，你没在，影响其他人排练了。

安宁说，好吧，我先回去一趟，晚上再过来。

妈妈说，晚上也不要过来了，你休息一下，我一个人待待，心会静一些。

安宁回宿舍拿上银行卡，先去爱音乐团对面的工商银行取了五千块钱，然后回到团里，向团长张新星请假。张团长吃了一惊，说，这怎么办？

但转念间，张团长就表示：这是大事，没有别的事比你这事更大了，你就赶紧去照顾你妈妈吧，有什么需要跟我们说。巡演的事也没关系，毕竟是去二线城市演出，就让别人顶一下吧。

安宁回到宿舍，把一件厚夹克和毯子装进旅行包，晚上在医院陪夜时需要。他又出门去超市为自己买了几包方便面，为母亲买了巧克力、饼干和话梅。

他回到宿舍，现在是下午四点半，等到五点半就去医院。他打开电脑，搜索相关病症的资讯，也想看看医疗费大概需要多少。

网上有众多相似的人，他们带着相似的问题在相互打听。看着看着，安宁发现自己在走入一条不知深浅的巷道。十万、十二万、三十万……他把这些数字随手写在桌上的台历上。他回头看这夕阳斜照的房间和那只将带往医院的旅行包，感觉命运是多么难以预料。昨天或者前天的这个时候，哪想得到此刻的悲哀。如果现在能让脑子停顿，让时间倒退，他什么都愿意拿着去换。他发现自己泪流满面。离五点半还有五十分钟，他还可以让自己尽情哭泣五十分钟，然后收拾起眼泪去见妈妈。于是他放声痛哭，想把这个下午积聚的所有悲哀，在这五十分钟之内解决。

安宁听着自己的哭泣声，还听到有人在敲门。谁？他问。

敲门者没有应答。敲门声还在继续。

他擦了一下眼睛，犹豫着是否要去开门。门外的那个人很执着，他显然听到了屋里有人的动静。

于是，他走过去打开门，吃了一惊。门外站着的是林重道。

林重道穿着深色夹克，系着一条米灰色格子围巾，拎着包，神态儒雅。他说，我路过这里来看看你。

林重道没注意到安宁哭泣过的眼睛。他指着床上的那只旅行包，问，啊，你要出差去了？

安宁没响，他知道林重道不会因为路过而登门探望。难道他也知道了妈妈的病情？

林重道在床边坐下来，叹了一口气，说，也正好有点事，想和你聊一聊。

安宁等着他说下去。林重道脸庞上有明显的局促，他说，就是安静音乐会的事，安静妈妈寄予了很大的希望，也投入了很大的精力，现在想请你帮个忙，我知道上次她自己也跟你说过了。

安宁没吭声。林重道尴尬着，甚至脸红了，他咳了一声，说，唉，本来也就算了，我们也实在是不好意思勉强你，但想想，都已经花了那么多精力了，就差这一口气了，当妈的还是不甘心，你就当作帮这个弟弟一把，好不好？

安宁说，我没时间。他手里拿着手机，低头看微信。现在他说的是真话，他确实没时间。

林重道说，我知道，你确实忙。

安宁开始下意识地玩一款"神庙逃亡"的游戏，他跑啊跑啊。而林重道没让他跑下去，他站起来走到儿子的面前，把头凑过去轻声说，爸爸给你准备了六万块钱。

安宁说，不需要。他心想，上次不是说五万的吗，现在给我涨价了？

　　林重道脸上有深深的难过，他看着这个倔儿子，知道他更像冯怡。林重道说，安静需要这个专场音乐会，不像你，自己会折腾不需要家里张罗。当然，如果到时候你也想开专场，我们也支持，这个钱就算支持你，好不好？

　　安宁说，我不需要开专场了，现在不需要了。安宁继续摆弄手机，等着他走，因为快到五点半了。

　　林重道伸过手来，按在安宁的背上，说，你每周都在给小孩上课，那就当这是上课好了，譬如是给安静上课，这个学费比那些小孩要高很多了，你积起来，到明年后年，也开一场个人独奏音乐会吧，如果不够，爸爸答应也给你开。

　　林重道尽量想把这话说得轻松，他把眼角都笑出了皱纹，他心里其实挺难过的，他明白这个儿子的心结，而这源头是自己。他脸上发热，拉了一下夹克的衣领。儿子清瘦的脸颊就在眼前，它已经不见了小时候胖乎乎的痕迹，它正严肃着，还好像正在生气。这么个小孩这么一路过来，知道这些年他怎么在过，在为什么开心难过吗？现在林重道好像看到了这个生疏的儿子正在编织心结。刹那间他自己也有心碎之感。

　　安宁移开一步，晃开了按在自己背上的那只手，心想，这人在想什么呀？安宁说，我哪吃得消给安静上课，我干吗要给安静上课，我干吗要赚这个钱？

　　说到这个他突然住了嘴，他瞥见了桌上的台历上写着十万、十二万、三十万。他差点脑子短路。这六万块钱加上自己的存款，不也有十万了吗？于是他抬起头，父亲脸上此刻的沮丧、伤心、郁闷一目了然，他说，当然，如果你真的为难，我可以帮忙，你给我七万块。

　　林重道连忙点头，他都没顾得上这是儿子在和自己讨价还价，他首先松了一口气。他说，好的好的好的。他从包里拿出一叠乐谱，说，就是这些曲子。

安宁把乐谱放在桌上，把父亲送出了门外，他说，我的银行卡号等会儿就用手机发给你。

林重道拎着包，回头向安宁挥了下手，说，知道，马上打过来。

安宁关上门。其实从这人进门的第一分钟开始，安宁就决定不告诉他妈妈的病情。林重道知道了又怎么样？期望他又怎么样？说不定会更让自己失意和悲哀。

安宁翻着林重道留下的乐谱，他在心里对妈妈说，现在有钱了，能给你治病了。

安宁回到医院病房，冯怡笑道，也奇怪，我一到这里，胃就不痛了，就这么一下子缓过去了。

安宁说，情绪因素，情绪因素，不管怎样明天都得治疗。

冯怡嘀咕"没必要"，而他建议她去外面走走。他心想，趁明天来临之前，赶紧陪她去玩一下吧，以后可能没有这样的机会了。

这么想着，这个夜晚就有了特别的使命。

冯怡看了看窗外的夜色，说，算了吧，你这样跑来跑去，也累了，等会儿你早点回去。

安宁说，这附近有个湖，翠湖，平时晚上我跑步常会跑到那儿去，你去看看我锻炼的地方吧。

他们走出了医院大门，往前拐过林岗路，就到了湖畔。

夜色中的湖水映着城市繁华的灯影，层层叠叠的楼宇临湖而立，恍若幻城。冯怡说，这里很漂亮，是大城市的味道，妈妈从小就喜欢大城市。

冯怡被儿子带进了湖畔的伊湾咖啡馆。他说想坐一坐。她知道他是想让她感受一下小镇没有的东西。他点了两块芝士蛋糕，一杯拿铁，一杯奶茶。她说，不要不要，哪吃得下啊。他说不要那么省了，难得这一次，有多少晚上可以这样坐坐。她想是啊，是难得。咖啡馆昏黄的灯光洒在绿色沙发、深棕色桌面上，咖啡芬芳与钢琴曲《水畔》在一起轻轻荡漾。落地窗外就是一大片湖水，闪烁的水面有幽蓝的质感。雅致的环境、孝顺的儿子，以及带着甜意的空气，让冯怡沉浸于幸福。是的，儿子太忙，已经有半年没回老家了，能这样和他坐在这里，是多么开心。在家里的时候不就盼着来看看他吗？冯怡想这就是在享受生活了，是的，这一刻就是在享受生活了。她说，多好啊，这里。儿子的眼睛看着桌面有些发愣，她以为他累了，伸手过去，抚了抚他搁在桌面上的手臂，夸他：这城市有多好啊，妈妈做了一辈子的梦，如今你在这里也占了一席之地，这是你这么多年读书、苦练得来的。

她看着他，像看着自己塑造的一个艺术品，也像所有的老师面对自己培养的学生时，习惯归纳成功的要义：如果当时哪怕一点点不坚持，都不会有今天。她接下来的意思是，好好发展啊。

这么多年来，安宁早已掌握了冯怡感叹人生的话语方式，他也越来越感觉到从心底升起的厌烦和压力，励志有时候就是有负能量的，因为在某个鲜明的目标完成之前，它会让自己歉疚地活在眼下。安宁从小理性，努力已成他的习惯，但在许多瞬间，他能感觉到自己无所安放的焦虑和茫然。

而此刻他可没心思与她深究这个，他指了指面前的蛋糕，对她说，吃一点，不要省了。

是的，此刻安宁是多么遗憾过去了的那些时光，那时怎么没想到和她这样出来走走，甚至没时间回家去看看她。那时候她也总说你忙，不要回来，不要回来，家里没什么值得你费神的……

而现在就剩下这样一个夜晚了。明天化疗以后，她不会有这样的体力、心境。现在她不知道明天，而他向她藏起悲哀。就好好享受这短暂的一刻吧。他是多么遗憾以前没挤点时间，让她享受一下安闲，在她喜欢的大城市里。不完全是因为没钱，他其实知道有钱没钱都有寻开心的办法，只是自己和她压根儿没花这点时间。他看着咖啡厅里那些绿色植物，奇怪没有阳光它们怎么长得如此茂密。他想，其实，也不是时间，而是没有挤出一点心情。这是因为从来没把现在当作珍爱。他和她好像一路在赶，心急匆匆，味同嚼蜡地奔过不如自己所愿的阶段。即使偶尔有相处的时间，彼此讲述的、辩论的、教诲的也大都是接下来还要去做什么，还要争取哪些，宛若屋檐下心比天高的战略家，好强到无法从寻常起居中得到乐趣。

妈妈小心翼翼地用小勺子切分着那块蓝莓芝士。醇厚奶香，细腻口感让她觉得非常美味。她只吃了小块，就把剩余的推到他这边，说，你吃。安宁很小的时候，她就习惯这样。她的手臂细瘦，一直在微微颤抖，看上去已经很老了。于是他没顾妈妈反对，又让服务员加了一个果盘。

妈妈在跟他讲老家亲戚们的孩子过得怎么样。她沉浸在自己与他人比较的荣耀中，她不会知道这一晚他在想什么。而他看着她清癯的脸，打算从现在起将这后面的日子分成一个个小小的时段，就像舍不得花的钱一样，舍不得地去过一分一秒钟，让它们慢一点过去。

他害怕它们消逝。比如，此刻与妈妈坐在这里，一个钟头后就将回去，以后再也不可能来这里了，也不可能像现在这样平静地坐着，让她感觉自己是在享受。这一刻正在过去。这一想法令人心碎。让他更为心碎的是对她和自己的遗憾。对自己好一点，宽一点，不是要到哪个点上才容许自己开始，每时每刻都可以开始。如果每时每刻不在意这样的每时每刻，那最后，就像缺课，怎么补都补不回来了。

现在他就宛若补课，在失去之前，好在还拥有一个最后的间隙。他为自己今天傍晚时分的决定庆幸。他对妈妈说，再坐一会儿吧，这里风景这么好，这么早回医院干什么？

后面的一切，与几乎所有的患者一样，是在悲哀与疼痛中演绎着病情的每一步恶化。

冯怡接受输液化疗，一滴滴药水进入血液，胃口就没有了。白天黑夜她开始昏睡。偶尔睁开眼，看见安宁陪在身边，有时他在发怔，有时他在打盹，更多的时候，他在编写谱子。一张张乐谱草稿摊在自己的床上，因为病床狭小，这让她感觉身体躺在音乐里。

她问现在几点钟了。然后，总是催他赶紧回团里去。

他说，在这里也是干活。

她问，这编写的谱子是要演出吗？

他说，是的，是的。

她说，那你回团里去，他们要排练了。

他宽慰道，没关系，现在已经是晚上了，回团里他们也不练了。

有一天夜里她睁开眼睛，看见他还在纸上写写改改。她劝他歇一会，你写了一天了，该歇歇了。安宁骗她，哪有写了一天？快好了。

她说自己没完全睡着，一直迷迷糊糊看着他在编谱子。她劝他也要注意身体，不要拼得太累了。这么说着，好像提醒了她自己，她想欠起身来，她说，我不想看这个病了，这样你会被拖垮的。

输液管在晃动，安宁赶紧让她躺下，说自己不累，所谓陪夜，也就是这样坐坐而已。她抚着他的手臂，脸上有泪水在流下来。他说自己喜欢在这里坐坐，好久没回家了，现在每天都看得见妈妈，有机会在一起，这其实是高兴的事，平时还没有这样的时间呢。

伤感像烟雾，在明晃晃的日光灯下"嗞"地闪了一下。冯怡侧转脸去。安宁知道妈妈在哭泣。他说，其实我发现坐在这里挺不错的，尤其晚上在这里写写东西，心会静下来，感觉挺不错的。

安宁说的是实话。虽然他是在给安静的民乐编配，虽然林重道已把七万块钱打进了自己的银行卡里，但在夜晚时分的病房里，当他面对谱子，写着写着，心里就升起了丝丝缕缕的笛音背景，那声音纤细摇晃，像心里的怅然，从这个房间穿窗而出，盘旋到城市的上空，等待着呼应它的各种乐音。安宁在想象中让笛声与星光交织，充溢着整个空中。

他承认，在想象中，那个无数次搅动他内心的笛声，常让他从这间消毒水气味飘荡的病房里游离开去，掠过夜晚时分悄无声息的医院走廊，扑进了一大片青翠的茶园和竹林，每阵风过，四下静谧澄明。那着了魔般的笛音，居然在幻听中也有让人静心的能力。在医院忧愁的病房里，安宁在进入音乐的情景，而这又消解了他眼前的焦躁。有一天他编完《古泉》，看着母亲睡着的面容，他相信了这份编配的活儿可能就是天意。自己正为钱犯愁，林重道突然登门；自己正为拿了他家的钱干活心烦，没想到这些古雅的曲子居然让他移情开去，淡忘愁苦。

冯怡每次睁开眼睛，总是劝安宁歇歇。他说，快了，马上好了。冯怡有一天终于欠起身来，拿起一张散落在床上的乐谱，看着他，眼神清亮到令人吃惊。她告诉儿子，妈妈以前在家里不知道你这么辛苦用功，妈妈这两天想着你在吃苦很心疼，安宁，其实我们已经够了，人有点病有点痛的时候，就更是这样想，不是妈妈给你解压，而是妈妈觉得确实是够了，像我们这样的家庭，能到这城市里来立个脚，我们已经是尽力了，已经够了，不要拼得太累了。妈妈这么说，你应该懂吧？

安宁一愣，笑道，我当然明白。

冯怡轻轻摇头，说，不和别人比，安宁。

安宁笑道，我没和人比，可能是别人和我比吧。而他心里想，你自己和别人比。

冯怡轻拍手里的乐谱，忧愁地看着他，迟疑道，你这么写啊写啊，不是为了和安静比，对不对？

安宁没听明白。冯怡从枕头里侧拿出一张折起来的报纸，打开给他看。报上有篇报道"我心中的节奏——青年笛子演奏家安静独奏音乐会将跨界传统与现代风格"。安宁看报纸的日期，是前天的。

在安宁驻守医院的这些天里，他好像与外界信息失去了联系。在这些天里，向葵为儿子的音乐会组织了第一波宣传攻势。

安宁问妈妈这报纸是哪来的。妈妈指了指旁边床位的病友，说是他家人放在床头柜上垫桌子的。

安宁说，我可不和他比，我也是现在才知道啊。

冯怡淡淡的笑意后面有复杂的神情。她重复道，安宁，我们真的已经够了，我们和人家是不一样的，我们走到这一步也差不多够好了，不要拼得太累了。

安宁心想难怪她今天这么劝我，原来是这个呀。

冯怡不知道儿子在想什么，她生怕儿子没听进去会累着他自己，她把床上的乐谱一张张递给儿子，她以通透的笑意隐去了无边的无奈和失意。她伸手拍拍儿子的脸，告诉他，我们真的够了，是该享受生活，好好过日子了，该找个好女孩过日子了，妈妈想看到你结婚抱儿子了。

第一个疗程结束以后，冯怡更为消瘦虚弱。医生建议，继续住院，等一个多星期以后进行第二个疗程。

在等待第二个疗程的日子里，冯怡的精神状态在渐渐回转过来。有一天，安宁去银行取钱回来，发现病房里没了妈妈。旁边床位的病友说，她刚才还在。他在走廊上找了半天，也没看见她。门口的护士说，她下楼了，说是去散一下步。

安宁下楼，在花园里看见冯怡抱着自己的双肩在和别的病人聊天。她看到他，就站起来，跟着他一起往住院楼走。走到长廊时，她说，安宁，我们在这里坐一会儿，我有事想和你说。

安宁觉得有些心跳，他几乎猜得到她要说什么了。

他们在长廊的拐角坐下，下午的阳光透过一侧的枫林，将树影落在长廊里。她没说自己知道病情了。她脸色平静，说，我想回家了。

他说，还有第二个疗程。

她说，不用了，我要回去了。

他说，不行，医生不会答应。

她抓住儿子的手，摇晃着，说，我也不会答应。

她告诉儿子这样看下去，家里就没钱了。她说自己存了七八万块钱，但这样看下去，就马上没有了。她脸上有镇定的悲哀，她说这些钱与其换成了药，还不如给他办音乐会更好。他说他可不需要音乐会，让别人去办吧，昨天不是说不和别人比吗。她说这只是打个比方，钱有它更需要用的地方。他说钱没有比用在这里更需要的。她瞅着他淡淡地笑道，别傻了，妈妈节省了一辈子，可不能让你的钱和妈妈的钱这样浪费掉，妈妈觉得在这里看下去，还不如回家去静养，这里四处都是病人，没病也变成有病了，心里不踏实，还不如回老家住在老房子里心能静下来，安宁，你听妈妈一句话。

他说自己有钱，自己最近赚了好多钱，有七八万块呢。

妈妈脸上的惊愕和高兴，让他心碎。

他赶紧说，这些钱就是用来给你看病的，你就让我把这七万块钱用掉吧。

他说，这样我会很高兴。

冯怡今天没让自己流一滴泪水。她说，那就更不应该这样用掉，我们是唯物主义者，我们冯家的人从来就是理智的。在他们说话的时候有一些人从长廊里走过去，沿长廊栽种的枫树在风中摇晃，地上碎影一片。她放缓声音，七万块钱，妈妈知道你赚了这么多钱不知有多高兴，有你的好心肠，这钱等于是已经用在妈妈看病上了。妈妈现在最想要的其实不是看病，而是想看你找到女朋友。安宁，遇到好女孩要主动，不要拖。

安宁支吾，嗯，是在找，差不多了。

冯怡笑道，在妈妈回去之前，能不能让妈妈看一眼？

安宁说，她在上班哪。他转开话题，你真的认定要走？

冯怡看着那片枫林，枫叶艳红得像在燃烧。她点头说，妈妈的病好了，现在又不胃痛了。

她的固执让他像个小孩当场欲哭，他说，要回去也不可能马上回去，起码得让舅舅来接你，起码得办出院手续……他说，如果你要回去，我立马跟着你回去，工作就不要了。

她已经起身了，回头瞅着儿子，轻轻地摇头。

第二天早晨，冯怡对安宁说自己需要一件毛衣，起来上洗手间的时候可以披披。她还说想喝麦乳精。安宁就回宿舍，给她找了一件旧毛衣，然后去超市买了麦乳精、饼干。等他赶回医院，却发现病房里没了妈妈。

她的行李包也不见了。同室的病友说，她回去了，让我转告，要你放心，医院的账她结了。

病友指着床头柜上的一叠乐谱和安宁的那只旅行包，说，你妈让你带回去。

安宁转身跑出了医院，他飞一般地往地铁站跑。他在飞驰的地铁里低头，无法遏制泪水往下落。一路上他拨打手机，那一头是缥缈的回声：您拨打的用户已关机。

地铁到了火车站，安宁奔上楼去，他气喘吁吁地对检票员说，让我进去，我妈妈出走了。

他一个个候车室找过去。在第7候车室，远远地他看见妈妈坐在角落里。行李包放在她的身边。人群中，她像一片细巧的叶子，那么瘦弱。她似乎在发怔。不知她在想什么。有一种忧愁的气息很显眼地绕在她的周围，将她从人群中划分出来，一眼就能看到。安宁的泪水夺眶而出。他想，不就是为了省钱吗，这狗日的钱。他觉得自己是多么没用。他在这边走来走去，他知道妈妈的个性，当她想定了，就不会有一滴泪水，你用十头牛也拉不回她的犟脾气。

妈妈等候的那个班次还要两个小时才开。安宁掏出手机打了个电话给蔚蓝，他说，我在火车站，我要回家了，我来不及回团里了。有一叠谱子需要交给团里，因为安静的独奏音乐会要用，能麻烦你来火车站拿一下吗？

电话那头，她好像在想为什么让她去拿。果然他听见她说，你自己给他就行了，他的音乐会你让他拿。

他说，我给他没准他就不演了。你又不是不知道。

她说，怎么会？

他说，怎么不会，这是他爸花钱让我帮忙的，我想他未必知道。

她说，他是你弟，怎么还这么复杂？

他笑了一声，哀求她，所以只能烦你来一趟。

他知道她会来，在这个团里也就他知道她是除了安静爹妈之外，最希望安静开专场的人。这念头浮上来时，他好像看到她和安静很登对地站在一起。他脑袋里又懵了一下。他想，我这是在做什么？

他说，我妈妈擅自出院，要回家去，我只能跟着去。

她知道他妈妈得了大病，所以这些天在团里没见他的人影。她说，好吧，我过来。

喂，你过来的时候，能在单位门前的伊方蛋糕店给我带个十五寸的芝士蛋糕吗？

他解释：我妈喜欢这个，我给她带一个回家。

她说，好吧。

三十分钟后，当蔚蓝小心翼翼提着蛋糕走进车站时，她听到了安宁叫自己的声音。

安宁从人群的那一头挤过来，说，谢谢谢谢。

她发现这两个星期没见他瘦了一圈。

他把蛋糕从她手里接过去，把一叠乐谱和一个U盘交给她。然后告诉她，敢辛苦她过来，是因为知道她喜欢安静，而麻烦别人可不好意思。

蔚蓝觉得好笑，知道他又在犯酸，那干吗还要让自己过来。她看着他有些凌乱的头发，说，有没有搞错啊？

安宁指着7号候车室那头，说，我妈今天一早非要回家，不准备治了。

她吃惊地问，放弃医治了？

安宁说，她想定了，我也没办法，要不回家让我舅舅再劝劝她。

她说，你们告诉她是什么病了吗？

他说，没有，但我相信她可能知道了。

她看见焦躁正从他凌乱的头发里升腾着。这么些天不见，一张脸似被刀削。她安慰他，不管治不治，最后让她有一个好一点的生活质量也是对的。我伯父也是得的癌症，去年走的，后面的治疗吃尽了苦头。她说这年头这种病越来越多，可能是环境污染吧。

他指着那边说，我要过去了，你和我妈打个招呼吗？

他知道她会过去，每一个同事都会这样。她说，好啊好啊。

他们一起往那头走，他回头顺手把蛋糕递给她，让她拿着，又接过她手里的乐谱，好像乐谱更重似的，也好像蛋糕更需要女孩呵护。

他对着那头喊了一声：妈妈。

回来的路上，她坐在地铁里翻着那叠乐谱，不时走神。她的眼前浮现着安宁妈妈刚才又惊又喜的表情。

她又不是笨蛋，她知道他在干什么。

她觉得有些好笑，后来又有些感动，因为她知道他妈妈得了重病，放弃治疗了。

音乐会几种开法

十五、夜曲

后来他坐在自己的旅行箱上，透过门廊，看着安宁一曲曲地吹着，就像在看一场正规的演出，而让思绪蔓延开去。他想，人这一生是多么恍惚，恍惚最初往往开始于与变数的相遇，然后失控，于是放不下，也无法道别，就成了恍惚。

在接下来的日子里，安宁像一只陀螺，旋转在省城与故乡这两点之间。每个周六他随团在省内各地演出，演出结束后，就连夜坐火车往老家赶。

团长张新星以为他好强，劝他道：不是每场都要去，你这样顶着，我其实心理压力很大，怕欠着你和你家，我希望你回家照顾你妈妈。

安宁的眼神发怔，他说，不是我积极，是我妈赶着我来，否则她也觉得欠着我。

张团长明白他在说啥，每一个爸妈好像都这样。他对小伙子叹了一口气。

确实，每次安宁刚回到家，病床上的妈妈就开始赶他回团里去。她说，我的日子不多了，而你还是要过日子的……

他知道她话里的意思。他说，没关系，我的位子在的，团里为我留着呢，没人抢。他还嘟哝道，就让我多待会儿吧，正因为我还要过日子，所以这在以后想起来，很重要。

每一次回去，都看到妈妈的身体状况比上一次更差了。病情在一日千里地恶化，无法阻拦。妈妈的言语在少下来，呻吟在一天天增多。有时候站在房门外，就听到她疼痛的声音从幽暗的老屋里隐约传来，仿佛这屋子深处的苦痛。

　　到北风劲吹的时候，冯怡的脸色已经发青了。

　　那天安宁结束在上海大剧院的商演赶回家的时候，已是深夜。听说妈妈有三天没吃下东西了，他顾不上放下旅行包和长笛盒，快步走到她的床前。她睁开眼睛，知道他来了。她几乎无法言语，伸手抚摸他的手臂，好似在问，你怎么又回来了？有一滴泪水从她的眼睛里滚下来。她似在呢喃，这辈子上天没给我好命，但给了我一个好儿子。安宁想挥去这伤感的蔓延，因为他感觉自己眼睛里有水要落下来，但他不知如何将这沉郁的空气赶开去。他告诉她这次在上海的演出很棒很棒。而她在把他轻轻推开，好似说，不要回来了，妈妈不想让你看到我这样。安宁心想这一次无论如何不急着回团里去了。他在妈妈的床前坐下来，一时无语。这老屋光影幽暗，她明显在压抑着疼痛的叹息。他想要不给她讲讲在上海的演出吧。那片灯光，那氤氲着时尚质感的气息，音乐在四壁间弹跃，每吹出一个音，它就一点点弹回来……她的眼神有些许安详，她在呢喃什么，安宁不明白。她伸出手指，指了指床边他刚才放下的旅行包和长笛盒。

　　安宁心里仿佛有光束轻拂而过。他拿出长笛，给妈妈看。在昏黄的灯光下，它泛着柔软的光，这相对于它在舞台上的锃亮，是另一种呈现。他横过笛在嘴边吹了几个音，《天鹅》。他看见妈妈的脸上有轻微的笑意。

　　他站起身，走到窗边，横笛吹起来。窗外是冬夜里的天井，清亮的月光照耀着青石板地面，泛出水一样的光泽。他回头，屋子里好似刹那亮堂了一点。

　　灵光在忧愁中闪现，他说，妈妈，我给你开个音乐会吧。

他关了灯，打开窗，让月光透进来。现在这屋子和床上的妈妈沉浸在冬天清透的月色中，光影里的一切都透着岁月的温和质地。他对妈妈说，演出马上开始，你等着启幕吧。

安宁走到门外，站在天井里，这里四面环屋，会形成回音。他走到井边。春天的时候这水井旁的墙上是盛放的大片蔷薇，现在这里只有交错的藤蔓，在月光下像墙上的一幅抽象画，就将它视作背景。他横笛吹出一个片段，乐音在月光下弥漫开来，《梦幻曲》，他抑扬顿挫地吹下去，那些清亮的音符跃上了屋檐，跃上了柚子树，弹到了墙上，飞进了井里……它们在这天井里汇成了一道缓缓漂浮、闪烁着光芒的声浪。

他吹着，在这自小熟悉的老屋里，他看着那道闪亮的声浪循着月光飞进了妈妈房间的窗户里，他感觉着自己的平静。他甚至觉得此刻自己的发挥，比今晚早些时候在大剧院舞台上的状态要好得多。

月光清幽，这屋檐，水井，柚子树，旧墙，半开的木窗，使曲子沾上了温柔的怜意，浮现清欢，细水长流，这不就是静冥幽客说的实景演出吗？

只是今天的观众只有妈妈一个。想到这一点，安宁身心都在颤抖。

他敏锐的耳朵在聆听自己乐音的同时，也在留意屋里的动静。现在他没听到屋子里的苦痛之声，或者说他用一串串乐音覆盖过去，就像用一条缀满音符的锦被让她暖和一点。

他想起小时候也曾站在这里表演，妈妈会从窗口探出头来看自己。那样的时刻大都是在夏夜，自己吹着吹着，邻居们会悄悄聚过来，坐在四下聆听。那时的夜晚还有萤火虫，那时的水井里浸着西瓜。

于是，安宁一边吹着，一边环视天井。他突然发现隔壁的林丽老师、张灿然老师、徐永天老师……都站在各自家门口的阴影里看着自己。这么晚了，他们循声而来，静静地观看。

他感觉自己眼睛里有水，他闭上眼睛，继续吹。他感觉自己将一把把乐音挥洒到冬夜的月光下。《梦幻曲》《牧神之笛》《月光下》。老屋宛若舞台，一轮冬月之下，笛音飘扬，这一切真的超棒。

老屋的门廊外面还站着一个人。他也是连夜从外地赶过来的。

他是林重道。他扶着一只行李箱，在一声不吭地听。

这里原是他家的祖屋。离婚后，就离开了这里，从此很少回来。

现在他看见那个英俊的男生在吹着长笛。好多好多年前他自己也曾站在这天井里吹过竹笛。

在儿子此刻的乐音里，他恍若做梦，他想起这几十年好似梦游。

这老屋，以及屋里的一切如今与他无关，但他知道，每丝每缕又都与他有关。他今晚是被自己的姐姐林丽老师从省城叫回来的，她说，你不怕闲话，我怕，你不怕报应，我怕。

他听着长笛的悠扬之声，不知待会儿怎么上前搭话。

后来他坐在自己的旅行箱上，透过门廊，看着安宁一曲曲地吹着，就像在看一场正规的演出，而让思绪蔓延开去。他想，人这一生是多么恍惚，恍惚最初往往开始于与变数的相遇，然后失控，于是放不下，也无法道别，就成了恍惚。

如果不走出这个门，又会是怎么样？你们会怎么样？我会怎么样？他抹了一把泪水。在老屋的阴影里，他像个小孩一样嘟哝，从这扇门出去后，好像也没有多少开心。也可能这一生就是苦的。

停下吹奏，安宁向周围挥挥手，仿佛今晚的谢幕。

他听见了邻居轻轻的掌声。

门廊下那个坐在行李箱上的人影让他吃了一惊。他走近去，发现居然是林重道。

林重道抹了一把眼泪，说，吹得真好听。他脸上纵横的泪水让安宁不知所措。林重道指了指老屋说，她是最好的人。他看见儿子投过来的短促一瞥，他说，你以为我开心，我这辈子，什么都乱成一团，哪有什么开心。他说，你是个好小孩，我知道。

他语无伦次的样子，让安宁想告诉他，这世上最值得珍视的就是会忍受的好人，而事实上这样的人最容易被辜负。但安宁没说，他往家里走，他刚才吹了那么长时间，现在心里还有那片安静，他想让它多留一会儿。现在他要走到妈妈的床前去。

林重道像个呆瓜，说，对不起，对不起。他拉着箱子跟在后面，说，我知道你和你妈恨我，我说对不起，是对不起。我进去看看，可不可以？

安宁回过头来告诉他，自己和妈妈现在不在意了。

是的，安宁心想自己可没装，人到某一个时辰，终会淡然那些曾令自己不堪的人，无论多么痛，那人都变成了你人生中的一个意义，造就了你如今的不一样。

现在他就处于这样的一刻。所以他没把这话说出来，他怕费口舌，他还想让心里的安静留下来。安静下来的人，都有过无法按捺的曾经。

安宁侧转身，让林重道进了房间。

音乐会几种开法

十六、变奏

蔚蓝推开门，安静转过脸来。他穿着棉睡衣，居家得
不像身处寺院，见他们进来他脸上没有惊愕。

他向他们笑，有点孩子气地说，还是给你们找到了。

电脑上，静冥幽客的QQ头像在闪动。

安宁点了一下。

她在问：忙啥？好久没见你在线了。

安宁回：家里有点事，没空哪。

她回：给你好消息。

他想有什么好消息呢，他瞥了一眼自己衣袖上的黑纱，回：？

她说：你的专场呀。

他没明白，回：我的？

她回：独奏专场，音乐厅版和实景版，我可没忘。

他想起来了，是有那么一个晚上跟她聊过这个，还聊得很High，而如今提起好像很遥远了。他回：这个呀。

她回：城东旧厂房，我和我舅舅谈过了，他已答应，作为他房产项目的启动推广活动。如果需要费用，他出。

他觉得她真好心，他回：这多麻烦。

她回：呵，举手之劳，因为创意好，舅舅也确实需要，费用估计也花不了多少。

他回：谢谢，你费心了。

她回：呵，这是你在帮他的忙。

曾经想象过的废墟实景，在此刻安宁的心里好像失去了将其还原的意趣。他回：过一段时间好吗？最近有点累。

她回：嗯，还有哪，作为地产推广活动的"双响炮"，还将在音乐厅办一个正规专场，你的独奏专场，他公司冠名，费用由他出。

她的兴奋从线上传递过来。她说：已经谈好了。

他愣了一下，回：这么厉害，你。

她回：好不好呀？

他回：有些凌乱了。

她回：呵，我也凌乱了，因为太高兴了。

这消息如果是两个月前得知，他不知会有多么高兴。而现在，好像没了力气。

他回：最近太累，我得想一下。

她回：这不急，我们慢慢构思，一鸣惊人。

他想了一会儿，回：呵，其实上周我已经办过专场了。

她回：在哪？你怎么不喊我。呜呜。

他回：明晚有空吗，我想请你吃个饭。

她回：OK。

安宁和许晴儿坐在湖畔的伊湾咖啡馆。落地窗外是一大片湖水。绿色沙发，深棕色北欧简洁风格桌椅，咖啡芬芳，碧萝青翠欲滴。一个多月前的夜晚，同样的座位上，安宁和妈妈坐在这儿。而现在安宁在给"静冥幽客"许晴儿讲他自己的专场。他说，在我们的老屋，我给我妈开了一个专场。今晚不是周末，咖啡馆里人影稀疏，他感觉妈妈在虚空中看着他，看着他面前的咖啡、蓝莓芝士和女孩。

许晴儿的眼睛里有泪水。那冬夜长笛飘扬的场景，在他简洁的描述中令人心碎。

而他自己说着说着就有些恍惚，人这一生的节奏真是不可思议，上一次与妈妈坐在这儿时，虽已知道了她的宿命，但可想不到自己还会有这样一场只为她独奏的音乐会，而在有过了这样的刻骨铭心后，内心好像已有过了峰值。至少在现阶段，其余的形式，无论剧场版还是实景版，都无法抵达他内心的需求。

安宁今天请她来，一是表示感谢，二是想说，不用张罗了，至少在现阶段不用了，自己已经用力，心里也已平静，不是吗？专场不是已经开过了吗？还有什么比得上这个呢？

另外，他还有一个意思是，想让她停下来，让她把投入的心情停下来。他知道她正对自己投入，正在越过作为粉丝的界线。他还知道她一点点用心下去，心就会沉浸，就会难过，受伤，还不如现在喊停。他也已经知道她家与安静的关系，那是另一个线团，至少对现在的他来说，情感还没强烈到想让自己去碰这个线团。更何况，自己的情感还在另外一个空间。于是，他对许晴儿嘟哝，你很好，很可爱，是我这边没有状态。他说对不起。他说你看到的是舞台上的，如果你越喜欢，那你就越别去看台下的。

他想自己这一点没说错，因为她和自己是不同天地的人，心境不同是因为身后的来路不同，于是这一生的节奏不会相同，这一点他看得明白。于是他怜悯地看着她此刻的受挫和难过。

她理解他刚从一场悲哀中出来，她无法理解的是，悲哀为什么不可以让她去消解？

他告诉她什么都需要调整，而他想暂时停下来。还有，他不好意思地笑了，说有一个女孩，让他心心念念，自己不死心，所以知道不死心有多么难受。

她的脸都红了，原来如此。她盯着他眼角周边的红晕，他在轻轻地摇头。他说，人和人是一场场相遇，就像我妈、我爸和我，有时候能陪下去，有时候不愿陪下去，有时候是不能再陪下去了。每个人都有不同的节奏，彼时彼地，心跳的节奏不同，相遇相处就有不同的因果，如果看明白了，就对人对事有了悲悯，也有了前瞻。

他抬头对这个卡通脸庞的女孩说，不好意思，我都不知道我在说什么了。

她把纸巾揪成了一小朵一小朵，就像她此刻凌乱的心情。对于他的话，她自然有许多种理解。但有一点她认同了，舞台上的明媚，是因为舞台下的灰暗；一个人想安静下来，是因为他经历了不顾一切的冲刺。他身上有她看不清楚的东西。她同情地瞅着他，说，你会有好运。

他站起来，拥抱了她，说，你也一样。

他们在伊湾门前说了声再见。

早晨，安静拎起一个双肩包，准备出门。他对妈妈向葵说，团里的大部队在外面巡演，我们民乐队这些天没事，我请了假，去静修一段时间。

向葵叫起来，下周你都要开音乐会了，去哪儿静修？

安静说，一个朋友那儿。

一个朋友？向葵笑道，那音乐会怎么办？

安静轻轻地摇头说，音乐会？我没说过我要开音乐会。

向葵差点跳起来，前几天你不是都已经参加专场排练了吗？

安静把包背上肩膀，说，那是团里安排的，我不排练，团里拿了你的钱，也不干啊。

向葵哭笑不得，她说，那你不演了，团里怎么办呀，同样已收了钱。

他居然笑了，仿佛脑洞大开，他说，我不演了，请团里的其他人搞一个拼盘演出也行。

向葵发现儿子说话和以前有点不一样了。她心都要急得跳出来了。她说，你这是说真的还是假的？

安静转开了话题，说，妈妈，我先得去团里一趟。

她看着他的背影，心想可能是因为演出临近，他压力太大，那么等他晚上回来再做工作吧。他以前也会犯傻，但总的来说，他是乖的，从来都听自己的话。

但向葵想错了，当晚，他没回来。

她以为他住在团里的宿舍，但晚上十二点钟，他发了条短信过来，说，妈妈，我已经在静修了，我需要静修，你让我做一次决定。

张新星团长带着交响乐队演出回来。他看见向葵坐在自己办公室门口的沙发上。

向葵捂着眼睛，说，我找不到安静了。

张团长安慰这个急坏了的女人，说，没事的，他又不是小孩子了，难道还要去报警吗？

他说，安静会回来的，他只不过是有点心理压力罢了。像你们这样望子成龙，他是会有压力的。

张团长把爱音乐团里的年轻人叫来，让他们想一想，他会去哪里。

他说，如果你们看到了他，帮忙带个话，让他先回来。

他说，这个孩子居然要静修了，其实最该静修的不是他，他已经够静了，我也想静修哪。

傍晚在食堂，蔚蓝端着盘子坐到了安宁的对面。

她告诉他自己报考中央音乐学院的研究生了，想请他有空的时候辅导一下音乐史论。

安宁一愣，说，没问题，咦，怎么想着去读书了？

你没看见我们民乐队最近没事干吗？她说，想赶紧去学点东西了，比如音乐策划、市场运营或音乐剧导演等。民乐这一块现在挺边缘的，如果还想吃这碗饭，就得赶快多学几招。

她从容地对他笑着，眉眼间有动人的灵气。他没料到她会想着从这里离开。这让他瞬间失落、留恋。但他心里承认她是对的。

他瞅着她的样子显得有些伤心，她看到了。于是她笑道，我本来就张罗过不少赶场子的事，他们说我适合做市场，你不知道了吧。

她穿着一件米白色的修身大衣，温和但利落，是那种拿主意的人。现在她居然想离开这儿了。他让自己微笑起来说，你很励志啊。

她笑，没你励志。

他说，如果你考上了，我去北京演出的时候，得去学校看你。

她笑着点头，说，如果我以后做市场了，会给你运作一场演出。

刚才她坐过来的时候，安宁就知道她会议论安静的事。果然，她说，安静居然临阵脱逃了。

他说，我猜想你知道他在哪儿。

她瞟了他一眼，说，哟，就你啥都知道。

他问她，你觉得他该开这个专场吗？

她说，怎么说呢？她轻摇着头。她说自己预感挺准的，她怎么也想象不出他一个人站在"红色大厅"开专场的样子，但能想象他的笛声在那里回旋的感觉。

什么意思啊？她这么小资含糊的言语让安宁别扭。

她微微笑道，我的意思是他再不愿意，也该让好听的声音传出来，让大家听到它，否则辜负了那支笛子。

她说自己和他从小同学，就像看不得兄弟姐妹才情空落。她知道一不留神那些声音就会没有了，虽然现在还在，但终会没有的，所以得趁现在赶紧让它流传。

他嘟哝，所以你适合做演出，有这个心态。

她反问他，你不觉得他需要开吗？

他锐利地说，是我给他做的编配，哪怕我再不认为他需要开，我自己花了那么多精力，总想让它们有一个还原。

他说的是实话。当然这是他能说的，他不能说的是，那些曲子陪着他在医院里熬过了许多夜晚，那些乐谱摊在妈妈的病床上，那些劳酬也用在了妈妈身上，那些调子在他脑子里飘扬，分解了些许忧愁。直到现在他闭上眼睛都能看到那样的夜晚，那空旷的医院走廊，母亲昏睡的脸庞。

他再次问她，你多半知道他在哪儿吧？

她说，我哪知道，你以为他啥都跟我讲。

他说，他确实啥都跟你讲，我知道。

他的倔劲儿上来，让她觉得有点搞笑，她说，这次可没有哦，他现在觉得我跟他妈似的，老对他晓之以理。

这话让他笑了一下，他说，演出商、经纪人都这样，对一切有演出价值的人，都不厌其烦晓之以理，搞定，拿下，然后推出，这叫职业理想。

她笑了，机灵的光芒在额头闪烁。她说，要不我们去文博阁看看，也许他在那儿。

安宁原本不想去。让他去劝安静，这事想着就别扭。

但想到她一个女孩子晚上跑到植物园那边去不妥，就跟着她一起去了文博阁。

冬天天黑得早，他们赶到文博阁的时候，大门早就关了。蔚蓝问门卫，这两天是不是有一个瘦瘦的年轻人来过这里。

门卫反问他们：你们是哪儿的？

蔚蓝说，我们是爱音乐团的，我们团有一个人研究古乐谱，常来你们这儿。

门卫说，知道，是林安静呀，我们这儿平日里也没什么人来，就他来得比较多，但这两天他也没来过。倒是上周有个晚上，他在藏书楼待了一个通宵，馆长特许他在这儿查资料，开夜车。

他看他们着急的样子，问，怎么了，你们找不到他？

他们说，他家人都急坏了，到处在找他。

门卫说，不会吧，要不你们问一下我们馆长，他可能知道，他也喜欢笛子，他和小林是老朋友。

门卫给了电话。蔚蓝打过去。

馆长觉得很奇怪，他说，他不是在永安寺吗？他没告诉你们吗？他最近在永安寺静修，还是我介绍过去的呢。

他们打车前往鸡鸣山永安寺。

一个年轻的出家人为他们开了门，得知他们的来意后，带着他们穿过回廊，往寺院里走。石板路在幽暗的路灯下泛着白光，山坡上的松树掩映着一个硕大的月亮。梧桐树叶在月光下坠落。四下寂静，只有潺潺的溪水声从远处传来。他们问小和尚，这里接受静修？

小和尚笑道，林老师是我们住持的朋友，他要在这儿住一段时间。

他带他们穿过寺院东区的一大片竹林，指着透过竹林的昏黄灯火，说，那边就是信众客房，林老师住最东头的那间。

现在蔚蓝和安宁走近了那间房。他们听到了幽幽的笛声，是骨笛，古朴、苍劲，就像刚才穿过的那条山道，在冬夜月下，有着与虚静相配的质地。

他们在门外站了一会儿，面面相觑，听得见彼此心里的不知所措。

蔚蓝推开门，安静转过脸来。他穿着棉睡衣，居家得不像身处寺院，见他们进来他脸上没有惊愕。

他向他们笑，有点孩子气地说，还是给你们找到了。

安宁有些发怔，因为这人果真躲在寺院里，算他格调奇高，你还不能不服，逃避名利，这可是玩真的呢，还不能有一点儿挖苦的意思，因为他脸上的恬静、逍然，像空气一样真实和从容。这份淡然，就像以前它无数次刺痛安宁的一样，因为它背后有他的资本。更本质的是，安静好像压根儿没在意它。

安宁听见蔚蓝在劝安静，让他回去开音乐会。

她说，你躲这儿静修，怎么想出来的！

安静笑道，我可没静修，我哪有这么高深，只是躲一下而已。

安静的表情像个小孩。他说自己不喜欢的事，总是越想越麻烦，自己怕麻烦怕不合时宜。你们说这是静修，而我不过是逃避一下罢了，说明我和你们不一样而已。

安静平时很少这么难说话。这让蔚蓝有些眼生，她说，你这人不挑担子，那些出去的门票怎么办？

安静说，不是不肯挑担子，而是机缘未到，等机缘到了，我自然会开一个专场，而机缘未到时，心里会勉强，勉强就会不开心，吹出来的声音也不是好声音。

她感觉自己在哄小孩，就笑道，做事也不可以完全依据自己的坐标，生活在人群中哪会有完全自己的节奏。

安静嘟哝，我不开心，能让听的人开心吗？

蔚蓝说，你不开心时，如果能想着让别人开心，这也是诚意，说不准你就开心了。

他就有些情绪上来了，说，你老劝我上场上场，那你自己干吗不上呢？

她感觉到了他的情绪，她说，你是不是觉得我成宝钗了，劝你这个宝玉功名利禄，我哪管你这个，我只是顾惜你的笛子，舍不得好音乐。

安静脸红了，连忙说，不是这个意思不是这个意思，你哪像宝钗，倒是有点像我妈，我妈什么事都心急。

这话同样不中听，让安宁都要笑出来了。安宁终于开口，对安静说，你没搞懂她的意思。

安宁拿起桌上那支短短的骨笛，说，我站在旁观者的角度，这个专场到这份上，不做下去很可惜，它甚至无法收尾。安静你既然淡然，那么同样淡然地看待它吧。它只是一场演出，只不过是一场演出而已，想那么多干吗？你爸妈帮你搭了台，你不就去吹一下，让人听听你的笛声而已。

安静仰脸淡淡一笑，说，问题就在这里，我不会这么想，因为它不只是一场演出而已。

安宁知道他在说什么，但不想和他分辩，就说，我们定义不同。

是的，定义不同呀。

安静脸上隐约的清淡和讥意，还是刺痛了安宁，让安宁的言语瞬间尖刻。他说，既然已经淡然了，那还静修什么？这样的风雅，也是在用力表达呀，这和上台表演又有什么两样？

安静回过头来，瞥了他一眼，说，我说过我这不是静修，更不是想装什么腔调，我只是逃避而已。你们都是急性子，而我怕累，怕烦，怕唠叨，在我准备好之前，如果节奏被别人带着走，我会心烦意乱，也做不好呀。

安宁轻笑道，这世界如果只能依你自己的节奏，那你是谁啊？

安静没头没脑地说，你啊，就是浮躁。

安宁站直身体，凝视着这个弟弟。自卑与倔强刹那间铺天盖地。他没顾蔚蓝对自己使的眼色，他一字一句对安静说，如果你觉得我浮躁，那是因为你没有经历过刻骨铭心的劣境，我祝贺你。

在冬夜的公交车里，安宁遏制自己的泪水，他像许多艺术家一样，外表倔强心里敏感。他感觉，安静像一面镜子，在另一个空间映着自己的艰辛和用心，而这点中了自己的不幸福。

坐在他身边的女孩，也陷入忧愁。他知道她的好心和失意。

女孩好像知道他此刻的心情，她伸手拉了一下他的手，用另一只手，在他手背上画了一个圆圈。

后来，他常常想着那个圈，那下意识里是什么含义？

音乐会几种开法

十七、转场

当笛音幽幽响起，安宁看见那个弟弟穿着一袭绣着翠竹的银灰色长衫站到了庭院的中间，他静静地吹响《水月》。

星期天安宁给学生上完课回来，发现林重道和向葵坐在爱音人才公寓一楼的沙发上。

　　他以为他们找安静找到了宿舍里。他向他们点点头，告诉林重道说，安静还在永安寺，还没回来。

　　林重道和向葵站起来，跟着他往楼上走，他们说，我们找你。

　　安宁说，我没能把他劝回来，我没这个能力，但我估计过了专场演出的日子，他会回来的。

　　他们"哦"了一声，继续跟着他往楼上走。他说，我打听过了，安静请假的日期就是到原定演出后的第二天。

　　他们已经来到了他宿舍门口。他想，都说完了，你们想干什么？

　　林重道看了向葵一眼，对安宁说，有点事想和你商量。他们就进了他的房间。

　　安宁不喜欢他们脸上的这种欲言又止，他们总是这样跟他来谈条件，而事实上，所谓谈也就是把他降在一个较低的位置，拿出一些瞅准他没有的东西，跟他换。这让他感觉屈辱。

　　安宁仰起脸，说，跟我商量我也没法让他回来演出，你们都叫不回来他，我怎么叫得动？

林重道说，不是这个，是这样的。他话还没说完，一直没说话的向葵像是怕他说不清楚，插话道，我们也去过永安寺了，他不肯演出，我想想也就算了。但现在问题是演出门票已由"红色大厅"和两家报社赠出去了，还有很大一部分由我原先工作的教育厅送给了各所中小学。如果下周演出突然取消，会有善后问题。所以我们想，要不请你来演出，好不好？

安宁胃里有空气中充溢的恶心感，想吐酸水。他说，我不想演，你们让团里想想办法，团里人多。

他们看着他，眼睛里有躲闪，说，我们虽给团里付了钱，但这只是伴奏的钱，没有准备其他劳务费了，也就是说，如果由团里来顶，那不就给团里添事了吗？

安宁看着林重道茫然的眼神，心想，这不也给我添事了吗？

他嘟哝，不行，我来不及准备，我也担心被别人吐槽。

林重道说，没关系的，你一直在巡演，挑一些你熟悉的曲目，不就可以了吗？我看挺好的，这样你也开了专场。

安宁冲着他笑了出来，学着父亲的语调，说，我也开专场了？呵，我也开专场了！问题是，现在我觉得自己开专场的机缘未到，所以我不能开。

他们看着他发愣。他心想，机缘，可能安静也这样告诉他们。

于是他接着说，呵，机缘，真的，这不是我的机缘，本来就不是我的。

林重道说，安宁，我知道这救场的感觉不太好，但确实也是个机会，这样的机会，把握住了，说不定就是属于你的机缘。

安宁笑道，难怪哪，原来是我们定义不同。

林重道看着儿子变幻的眼神，掌握不了他的心思，于是说，安宁，听爸爸的话，上吧，这样你好歹也是团里第一个开专场的年轻人，还是在"红色大厅"呢。

安宁扭过脸来看着他，说，其实我已经开过音乐会了，我现在暂时没这个需要了。

向葵已经分辨出了林重道话中的傻劲儿，她用比平时说话缓慢的语速说，安宁，你爸的心是好的，也因为他是你爸，才这么直接地说出来。我呢，其实纠结的不是这个，而是那些拿到赠票的学生。因为媒体把这次行动炒成了这样的热度和高度——"让高雅艺术走近大众"，如今突然取消，那么这个乌龙怎么让报社和大剧院去背？怎么向学生交代呀？尤其是我们还通过举办青少年音乐才艺比赛，挑选了十多位琴童，许诺他们上台同奏一曲呢。

向葵看到了安宁脸上的一怔。她说，对不起，让你去救场，真的对不起，但实在没办法了，毕竟你演奏的也是笛子，虽然是长笛，但你与乐队配合得也多，是最顺的，好不好？

她说，你是懂事的，不像我们安静，谢谢你，难为了。

一个人容易对别人心软，往往是因为他缺少爱。

安宁承认自己容易心软。向葵向他描述的乱局，让他犹豫了两天，然后心软了。从小到大一路而来，他习惯了承担。

他挑了《G大调第一长笛协奏曲》等几首曲目，与爱音交响乐队合了两个下午，就准备上场了。

演出那天，"红色大厅"灯火灿烂。

与每次开演前一样，安宁坐在幽暗后台的一角，让心神静下来。幕布之外，观众们正在进场，到这时他才突然想起，也不知道舞台上方和剧场门外悬挂的横幅是"安静笛子独奏音乐会"呢，还是已改成了"安宁长笛独奏音乐会"，刚才忘记瞥一眼了。如果它们与观众手中门票上印的名称不同，他们会觉得奇怪吗？

他的思绪没在这个疑问上停留太久，现在的他不太在意这个。这只是一场演出。不就是一场救场的演出吗？他甚至也没像以往许多次那样在纠结，父亲林重道会不会来。

他微微闭着眼睛，手里的长笛在幽幽闪光。他的耳畔在回旋莫扎特《G大调第一长笛协奏曲》的旋律，这是十五分钟之后，他的开场。

这一天他的注意力其实来自于对某种幻象的等待。他感觉有一道视线在某个虚空中向他投注过来，一大早就开始了，而现在她可能在这灿若星海的天花板、被光雾笼罩的舞台后侧看着他，他好像听见她的声音在隐约传来：不要急，想着让自己慢下来。

他懂这隐约的声音，虽然她以前多数时间里不这样说话。他也懂了自己的内心，自从那冬夜老屋天井里的独奏之后，他好似洞悉了命运，甚至在这样的舞台上，他也让那记忆抚慰自己可能涌起的焦虑。

他感觉有一双手轻拍了一下他的肩，他睁开眼睛，首先看到了一捧百花，然后是蔚蓝的脸。

蔚蓝冲他笑，然后伸出一根手指，放在她的嘴边向他"嘘"了一声，意思是不说话，安宁。

她把花放在他的座位边，然后走向后台。

夏天快来的时候，生活早复归了平静。

安静回到了爱音乐团，像以往那样恬静地上班、排练、下班。大家知道他的个性，也就没太多人问他静修的事。

安宁继续随团里四处巡演，丧母之痛也在忙碌中渐渐平缓下去。

那场从天而降的救场独奏音乐会，像一个不真实的梦，并没在日常生活中留下痕迹。也可能是没有运作的心思，它还真的就成了

"只是一场演出"而已。

蔚蓝来找安宁，告诉他，自己要去北京读研究生了。

安宁瞅着她，才明白自己为什么喜欢她，是因为她淡然、实在的背后其实掩映着浪漫的底子，不媚俗，也不夸张。

蔚蓝轻轻摇了一下他的手臂，说，过几天我就走了，提前去北京适应一下，今天晚上你跟我和另外一些朋友去看场音乐会吧。

安宁说，好啊，晚上有什么音乐会啊，我怎么没听说有演出呢？

蔚蓝说，我们一些朋友张罗的，哦，带上你的长笛，说不定能一起玩呢。

傍晚老同学韩呼冬开了一辆车过来，带上蔚蓝和安宁一路向西。

安宁觉得很奇怪，这是要开去哪儿？问蔚蓝。她笑道，保密。车子开了好一会儿，到了永安寺。安宁心里"咯噔"了一下。他嘟哝，在这里搞。

寺院大门口，一个出家人领他们往里面走。傍晚时分的寺院，沉浸在夕阳的暖黄色中，游人已经散尽，四下清幽安详。沿着石板路向山上走，深春草木散发着一阵阵的清香，有钟声从山岗上传来，静穆感在空气中蔓延。安宁已隐约感觉出这音乐演出的指向和意趣。他听见蔚蓝在问出家人，他们都来了吗？他说，好像差不多了。

他们来到了"梵籁"庭院。这里地处山坳，被竹林环绕。四座飞檐的精致小殿围出一个清雅的庭院，暗红色长廊，青石板，石凳，香樟，盆栽荷花。这是寺院里读书的院子。

庭院里已经有一些人了，二三十位，静静地坐着，在暮色中等待光线转暗，夜幕升起。

空气中有寺院里特有的香火之气，它随风飘曳，以无形勾勒着深沉的气场。抬头可以看见依山的大殿的侧影，山坡上竹林在"沙沙"地响动。每一个人静坐在这里，心里的安详随夜色弥漫，一轮圆月在天空中显现出来，并且光华渐渐明亮。

安宁的视线在寻找一个人的身影。他预感到了谁的音乐即将在这里飘起来，呼应这山地林间的气息以及每一位听者心里正在积累起来的情绪。蔚蓝坐在他的身边，她在向长廊那边眺望。她隐约着的兴奋好像小光束，在她脸上一闪一闪。她还站起来几次，往那边走过去，然后又走回来，在张罗什么。于是他也不断往那边看，他没看见安静，居然看见了"静冥幽客"许晴儿，她戴着一顶棒球帽，站在一台摄像机后。许晴儿也看见了他，向他挥手。她走过来了，卡通般的小脸配着棒球帽，显得很运动。她落落大方地说，嗨，你来了。他点头，说，你摄像？她低语道，试着玩玩。

她告诉他想用新媒体方式做个视频，在网上传传看。他点头。许晴儿伸手在空中向周围画了一个圈，说，这儿多好，如果真能拍得出这里的味道，应该会很有风格。她向他笑着，说，你先坐，我过去了。

周围还有一些人，他认识，或面熟。画家、学生、僧侣。相似的书卷气。他向他们点头，偶尔也有人在他耳畔说上几句，轻声轻语间，他没提"安静"这个名字，他已经知道今晚谁将登场。他看着那轮明月，此刻它洒下一片银辉，他等待笛音升起。

当笛音幽幽响起，安宁看见那个弟弟穿着一袭绣着翠竹的银灰色长衫站到了庭院的中间，他静静地吹响《水月》。

那笛音在这空山竹林寺院的映衬下，显得悠远苍茫。在月光下，音符盘旋，像风一样萦绕在庭院上空。安宁听着听着，感觉脸上有水在流动，他太熟悉这旋律中的每一个细节，他曾为它编配，曾想象需要哪些声音去配，而现在，它什么都不需要，只是一支竹笛，一个音色，就呈现了所有的表现力，它超越了自己能想象的、自己在医院病房里曾经无法言表的那种意境，现在安静竟用一支笛子就渲染出来。安宁知道与所有的艺术一样，感人是因为透彻地表达了心，也就是说，他吹奏的是自己的一颗心。

安宁在乐音中感觉出窍，他沉浸在月色的漫想之中，好像脑袋空了，悄然入定。直到蔚蓝帮他把放在石凳旁的长笛从笛盒里拿出来，放在他的手上，他才愣愣地看着身边的她。

她抿嘴而笑，眼睛在问，怎么样，好不好？这个音乐会我做得好不好？

他点头，轻语，很棒。

她把头凑近来，对他说，你上去，和他合一下，试试，不要紧。

她额头上有被月光照耀的光晕。他想了想，站起来，绕过一旁的香樟，来到长廊。他依长廊而立，从这边看过去，庭院中的安静像被月色笼罩，那笛子里飞逸而出的音符，像银光闪烁的蜜蜂在围着他轻轻地旋转。

安宁静静地等待着，他把长笛放到了嘴边，等待着下一个可以融进去的间隙，融进去以后，他将走到弟弟安静的身边，他可以想象弟弟不会惊讶，而会淡淡地笑着，停下来，让他吹出他自己的节奏。

图书在版编目（CIP）数据

音乐会几种开法 / 鲁引弓著. —杭州 ：浙江大学
出版社，2015.8

ISBN 978-7-308-14864-1

Ⅰ.①音… Ⅱ.①鲁… Ⅲ.①长篇小说-中国-当代
Ⅳ.①I247.5

中国版本图书馆 CIP 数据核字（2015）第 157075号

音乐会几种开法

鲁引弓　著

策　　划	陈丽霞　谢　焕	
责任编辑	谢　焕	
责任校对	於国娟　杨利军	
出版发行	浙江大学出版社	
	（杭州市天目山路 148 号　邮政编码 310007）	
	（网址：http://www.zjupress.com）	
排　　版	浙江时代出版服务有限公司	
印　　刷	浙江印刷集团有限公司	
开　　本	700mm×960mm　1/16	
印　　张	14.25	
字　　数	179千	
版 印 次	2015年8月第1版　2015年8月第1次印刷	
书　　号	ISBN 978-7-308-14864-1	
定　　价	32.00元